전능의 팔찌

THE OMNIPOTENT
BRACELET

전능의 팔찌 2부 27

김현석 현대 판타지 장편소설

초판 1쇄 찍은 날 § 2025년 12월 23일
초판 1쇄 펴낸 날 § 2025년 12월 30일

지은이 § 김현석
펴낸이 § 서경석

총괄팀장 § 황창선
편집책임 § 박현성
디자인 § 스튜디오 이너스

펴낸곳 § 도서출판 청어람
등록번호 § 제387-1999-000006호
등록일자 § 1999. 5. 31
어람번호 § 제1-3248호

본사 § 경기도 부천시 부일로 483번길 40 서경B/D 3F (우) 14640
편집부 § 서울특별시 구로구 디지털로 272 한신IT타워 404호 (우) 08389
전화 § 02-6956-0531 팩스 § 02-6956-0532
http://www.chungeoram.com
E-mail § chungeorambook@daum.net

ISBN 979-11-04-92546-7 04810
ISBN 979-11-04-92499-6 (세트)

MODERN FANTASTIC STORY
전능의 팔찌
THE OMNIPOTENT BRACELET
2부
김현석 현대 판타지 소설
27
도서출판 청어람

전능의 팔찌 2부
THE OMNIPOTENT
BRACELET

목차

27권

Chapter 01

우윳빛깔 하인스!

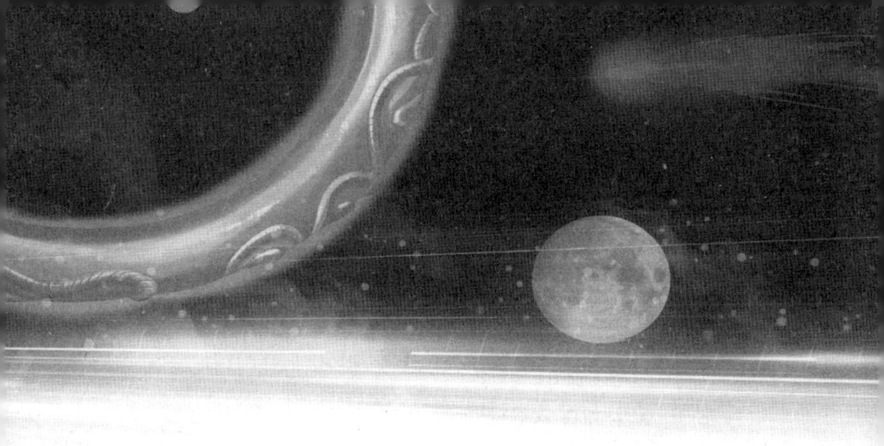

국토개발에 시간을 질질 끌 생각은 없다.

대놓고 일꾼 로봇과 반중력 수송기 등을 동원하고, 포탈 마법진도 설치할 것이다.

모든 작업은 24시간 내내 진행된다. 따라서 세인의 예상보다 훨씬 이른 시간에 끝나게 될 것이다.

외부의 눈길을 염려하기보다 백성들이 느낄 불편함과 고통을 하루라도 빨리 줄여주는 것이 낫기 때문이다.

어렵고, 힘들고, 위험한 일은 모두 로봇 및 각종 장비들이 담당한다. 따라서 사고로 인한 인명 피해는 없을 것이다.

인간은 자재 주문 및 수량 파악 등 비교적 힘들지 않고, 위험하지 않으며, 더럽지 않은 일에만 투입된다.

아파트, 빌라, 주택 같은 주거용 건축물만 짓는 게 아니라 모든 생필품을 생산할 각종 공장들도 짓는다.

이를 위한 제철소 등 중공업 단지도 당연히 진행된다.

모든 것을 100% 자급자족하는 것이 목표이니 그 종류와 수량이 얼마나 많겠는가!

하여 아무리 적어도 200만 개 이상의 공장이 지어진다.

이실리프 학파는 효율을 매우 중요하게 생각한다. 그래서 다른 학파의 마법과 달리 마나의 손실이 매우 적다.

굳이 비율로 따지자면 다른 학파의 마법이 구현될 때 허공으로 흩어지는 마나의 양이 100이라 하면, 이실리프 학파의 마법은 불과 1~2 정도이다.

극도의 효율을 추구한 결과이다. 웬만큼 머리가 좋지 않으면 절대로 구현해낼 수 없는 수준이다.

더 많은 시간을 들여 연구하면 줄일 수도 있겠지만 그런 노력에 기울이는 시간이 아까워서 이 정도에서 멈춘 것이다. 새로운 마법을 창안할 때에도 항상 효율을 따졌다. 들인 마나에 비해 상대적 효과가 적으면 폐기를 서슴지 않았다.

따라서 국토개발 역시 이용과 생산의 효율성을 충분히 고려하여 진행한다. 그러니 여기저기 중구난방으로 공장들이 들어서는 일이 없다.

계통에 따른 배치로 토지 효율 또한 극대화할 예정이다.

이는 인구가 한곳에 집중하는 부작용을 미연에 방지하는 부수적인 효과가 있다.

참고로, 한국의 서울과 수도권에는 전체 인구의 절반가량이 모여 있다. 결코 권장할 만한 상황이 아니다.

그래서 주택난이 빚어졌고, 부동산 가격이 급등하면서 투기 열풍이 불었던 것이다.

땅만 차지하고 있으면 알아서 가치가 상승하여 부자가 된다. 이는 열심히 일하는 사람들에게 상대적 박탈감을 준다.

아울러 지가(地價)의 비정상적인 상승은 부익부 빈익빈 현상을 가속화시켜 소득의 양극화를 야기시킨다.

인간은 누구나 욕심이란 것이 있다.

높은 학력, 넓고 편안한 생활공간, 맛있는 음식, 좋은 직장, 높은 지위, 예쁘고 잘생긴 배우자, 강한 권력, 똑똑하고 예의 바른 자식, 생활의 편리함 등이 그것이다.

이 중 제일 선호하는 것은 '더 많은 부(富)' 이다. 그래서 명문대 입시에 목을 매달고 있는 것이다.

모든 부모들은 자식이 판사, 검사, 변호사, 의사, 변리사 등이 되길 바란다.

이 현상의 근본 원인은 부동산이라 할 수 있다.

교통 편리한 위치, 더 쾌적하고 넓은 면적, 더 좋은 경관, 잘 갖춰진 환경 등을 확보하려면 많은 돈이 필요하다.

그래서 돈 많이 버는 직업을 선망한다. 그런 목적을 이루기

가장 쉬웠던 것이 바로 소위 '사' 자 붙은 직업이다.

사람들은 부동산 투기로 쉽게 돈을 벌었고, 불어나기 시작한 재산은 눈덩이처럼 커져만 간다고 생각했다.

그래서 묻지 마 투기 광풍이 불었다. 어떤 부동산을 사든 내려가는 법 없이 늘 우상향했기에 벌어진 일이다.

그리고 이건 한국인의 DNA에 각인되었다. 그래서 무엇보다 먼저 부동산부터 확보하려는 성향이 생긴 것이다.

현수는 이런 '싸가지 없는 습성' 을 완전히 없애주기 위해 Y—Property를 만들었고, 거의 모든 부동산을 사들이고 있다.

이는 절대로 내놓지 않을 예정이다.

아무리 돈이 많아도 부동산을 가질 수 없으면 다른 것으로 눈을 돌리게 된다.

그런데 누구든 마음을 바꾸면 피안(彼岸)을 볼 수 있다.

피안이란, 사바세계(娑婆世界, 속세) 저쪽에 있는 깨달음의 세계를 뜻하는 말이다.

돈이 삶의 전부가 아니라는 걸 깨닫게 되면 잘못 겨냥된 과한 욕심이 자제되는 것이다.

그래서 왕국의 영토는 모두 국왕 소유이다. 개인은 기간을 정해 임대하여 쓸 수 있을 뿐이다.

부동산 투기를 원천적으로 차단시킨 것이다.

어쨌거나 석유화학단지는 숙천유전 근처에 자리 잡게 된다. 약 1,760억 배럴이 매장되어 있다.

세계 4위 매장량이고, 황 함량이 낮은 경질유(輕質油)라 경제성이 뛰어나다. 그래서 유전 인근에는 각종 화학 관련 공장들이 집중적으로 배치된다.

제철소는 철광(鐵鑛) 인근에 자리 잡고, 주변에 자동차 공장 및 각종 철 관련 부품 제조공장들이 들어선다.

시멘트 공장은 석회석 광산 부근에 있을 것이고, 인근에는 레미콘 공장 등이 지어진다.

러시아 이르쿠츠크에서 보내올 원목 하치장 인근엔 제재소가 있고, 그 옆에는 가구공장 및 목재를 사용하는 여러 공장들이 들어선다.

관련 산업이 모두 계통화되는 것이다.

지나가 없어지자 세르게이 레브첸코 이르쿠츠크 주지사는 놀란 가슴을 쓸어내렸다.

지나로 수출하던 물량 전체를 현수가 납품받기로 한 것이 정말 다행이라는 생각을 한 것이다. 주 재정 기여도의 30%가 목재인 곳이니 당연한 일이다.

이곳에서 생산되는 물량은 엄청나게 많다. 그럼에도 나라 하나를 새로 만들려면 오히려 부족할 수도 있다.

어쨌든 각종 과수원 인근에는 포장지와 햇볕 반사필름 제조공장 등과 더불어 통조림공장들이 들어선다.

인근에는 각종 창고 또한 자리 잡게 된다.

에너지를 많이 쓰는 큰 공단의 배후엔 핵융합발전소가 들어선다. 필요로 하는 전력을 공급하기 위함이다.

각종 공단은 현재와 같이 천편일률적인 외양이 아니다.

누가 봐도 미래에서나 볼 수 있을 법한 미적 감각이 매우 뛰어난 디자인이라 전에 볼 수 없던 자재들이 쓰인다.

그래서 어떤 것은 오피스 빌딩처럼 보이고, 어떤 것은 놀이동산처럼 보일 수도 있다.

이들의 공통점은 멋있다는 것이다.

아무튼 모든 가정이나 공장의 실내에는 온도조절장치 모습을 한 항온마법진이 부착된다.

추위와 더위 때문에 고생하지 말라는 배려이다.

허공엔 완전 자율비행 전기자동차가 날아다닐 것이다. 그래도 도로가 아주 없는 것은 아니다.

사람이 걷는 보도(步道)와 육중한 화물차와 중장비 이동에 필요하기 때문이다. 다만 승용차와 버스 등 사람을 실어 나르는 용도의 차들은 모두 허공을 비행한다.

어디로 튈지 몰라 '자라니' 라 불리는 자전거와 전동 휠, 그리고 전동 킥보드와 일반 킥보드는 도로를 이용할 수 없다.

사고 시 인명 피해가 불가피한 경우가 많은 때문이다.

다만 자동차 통행이 없는 공원이나 학교 운동장 같은 곳에의 이용은 제한적으로 허용된다.

이를 어기고 일반 도로나 보도에서 자전거와 휠, 킥보드 등을 사용하다 적발되면 압수와 동시에 어마어마한 벌금형에 처해진다. 세 살 먹은 어린이라 할지라도 예외는 없다.

그래서 아동 교육을 태만히 한 그 부모에게 책임을 묻는다. 만일 부모가 없으면 조부모에게 묻는데 그마저 없으면 그 아동에게 킥보드나 휠을 사준 이에게 벌금을 부과한다.

벌금 액수는 노동자 연봉 평균과 같다.

예를 들어 월급 500만 원인 직장인이라면 벌금 액수가 6,000만 원인 것이다. 만일 벌금을 못 내겠다고 하면 하루 10만 원으로 계산하여 600일간 구류에 처해진다.

따라서 일반도로와 보도에서는 반드시 내려서 끌고 가거나 차량에 실어서 운반해야 한다.

이처럼 강력한 처벌이 가해진다는 것을 알면 몰래라도 미친 짓을 하지 않게 된다.

촉나라의 요충지 중 가정(街亭)이라는 곳이 있다.

위나라의 왕 조예(조조의 손자)는 장예(張裔)라는 장수로 하여금 이곳을 탈환하라는 명을 내렸다.

한편, 촉나라의 제갈량은 마속(馬謖)에게 길목 초입을 틀어막아 진입하지 못하도록 지키기만 하라고 하였다.

가정은 전투 전략에 문외한이 봐도 이곳을 틀어막으면 쉽게 적을 저지할 수 있다는 생각이 들 정도인 길목이다.

그런데 마속은 상대를 얕잡아 보았다. 하여 장예의 군사를 가정 안쪽으로 끌어들인 뒤 섬멸(殲滅)시키려 하였다.

틀어막기만 하라는 명을 어긴 것이다. 그 결과 오히려 포위를 당했고, 패배하고 말았다.

군대에서 기강이 무너지면 명령이 제대로 이행되지 않는 오합지졸이 되어 버린다.

하여 제갈량은 눈물을 흘리며 마속의 목을 베도록 했다.

그래서 읍참마속이라는 말이 생겼다. 눈물 읍(泣), 목을 벨 참(斬), 그리고 마속의 이름이 합쳐진 고사성어이다.

대만의 초대총통 장개석(蔣介石)은 밀수 등 범죄가 너무 난무하여 몹시 혼란스러웠는데 수습할 길이 막연했다.

이에 궁여지책으로 신상필벌(信賞必罰)을 내세워 정신이 해이해진 국민들의 기강을 잡으려 칼을 빼들었다.

소매치기하다 잡히면 손목을 잘랐고, 도둑질하다 잡히면 수갑을 채운 채 바다 한가운데에 빠뜨렸다.

이런 장면을 여과 없이 TV로 보여준 이유는 일벌백계함으로써 범죄의 만연을 억제하기 위함이었다.

그러던 어느 날 며느리가 밀수에 연루되었다는 보고를 받았다. 이에 장개석은 사형을 명령했고, 바로 처형되었다.

이 장면 역시 방송으로 송출되었다. 이를 본 대만 국민들은 경악하지 않을 수 없었다.

본인의 손자를 낳아준 며느리도 처형하는 판이니 누구든 걸리면 가차 없을 것이라는 생각을 갖게 되었던 것이다.

한국처럼 솜방망이 처벌을 계속하면 범죄가 결코 줄지 않는다. 때로는 포청천(包青天)[1] 의 작두가 훨씬 효과적이다.

눈앞에서 처형 장면을 보면 경각심을 갖지 않을 수 없기 때문이다. 그렇기에 남녀노소 구별하지 않고 매우 엄격하게 처벌할 예정이다.

왕국에서는 오토바이도 볼 수 없게 된다.

'과부틀' 이라는 별칭이 있을 만큼 사고가 나면 사망자가 많이 발생되기 때문이다. 아울러 교통법규를 지키지 않는 경우가 너무 많아서 아예 사용금지이다.

킥보드나 자전거처럼 별도로 허용되는 구간도 없다.

따라서 생산조차 되지 않는다. 하여 완전한 구시대의 유물이 되어 사진이나 영상으로만 볼 수 있게 된다.

교통법규를 무시한 채 제멋대로 길거리를 휘젓는 꼴을 보기 싫었던 사람들이라면 대환영일 것이다.

대체재가 없다면 불평하겠지만 그 역할은 드론이 완벽하게 대신한다.

그래서 음식뿐만 아니라 신문 등도 드론으로 배달한다.

사람보다 빠르고 정확하다. 게다가 주문자가 갑질 또는 진상짓을 할 수 없다. 배달 과정 전체가 녹화되고 실시간으로 전송되므로 나중에 딴소리하는 것이 불가능하다.

만일 그랬다가는 10년간 배달음식을 못 먹게 된다. 갑질과

1) 포청천(包青天) : 송나라의 지방관으로서 부당한 세금을 없앴으며, 판관이 되어 부패한 정치가들을 엄중하게 처벌하였다

진상짓에 대한 처벌 기준이 그렇다.

이렇게 되면 집에서만 해먹거나 직접 식당을 찾아다녀야 한다. 짜장면, 치킨, 피자 등을 시켜먹을 수 없는 것이다.

몹시 불편하고 짜증나겠지만 어쩌겠는가! 본인의 뒤틀린 인성 때문이니 어디에도 하소연조차 못 한다.

이럼에도 반성하지 못하고 재차 갑질 또는 진상짓을 하면 곧바로 추방이다. 지상낙원에서 쫓겨나는 것이다.

그때는 완전한 알몸 상태로 내쫓는다.

추방되는 곳은 이름도 없는 무인도이다. 그래서 이들의 최후는 자살 또는 아사(餓死)이다.

인간이 인간답지 못한 행동을 한 결과이다.

어쨌거나 왕국의 드론은 그 구조가 간단하지만 견고하고 잔고장이 거의 없다.

이것은 화물 무게에 따라 여러 종류가 있다.

3, 5, 10, 25, 50, 100, 200, 500㎏용으로 구분된다.

이것들 모두 슈퍼컴퓨터가 조종하므로 충돌사고가 일어날 수 없다. 비, 바람, 안개, 눈, 돌풍, 폭풍우, 우박 등의 변수까지 모두 계산되는 때문이다.

태양광으로 충전된 전기로 작동하므로 유지비가 거의 들지 않는 것이 특징이다.

참고로, 드론의 소유권은 국가에 있다. 따라서 고장 났을 때 수리비용도 전액 나라에서 부담한다.

이게 필요한 사람은 용도에 따른 드론을 선택한 후 임대료를 지불하고 사용하면 된다.

다만 개나 사람 등을 운반하는 것은 불가하다. 살아 있는 생명체는 화물이 될 수 없기 때문이다.

다만 사고로 인한 긴급 구조와 시신 운반 등에는 예외로 인정된다. 이것들은 별도로 제작되어 공급된다.

드론은 제한된 고도와 공간만 이용하기 때문에 완전 자율주행 비행자동차와의 충돌이 일어날 수 없다. 따라서 오토바이의 완벽한 대체재이라는 것에 이견이 있을 수 없다.

왕국의 건축 현장은 많은 괴리감을 느끼게 할 것이다.

콘크리트는 외부온도나 그 방법에 따라 차이가 있으나 계획 강도에 이르기까지 대략 28일 정도가 걸린다.

이를 '양생기간' 이라고 하는데 콘크리트가 충분히 굳을 때까지 걸리는 시간이다.

이 기간을 무시하고 무리하게 위층 콘크리트를 타설하면 붕괴사고가 발생할 확률이 매우 높다.

이건 일반 상식이다. 콘크리트가 반쯤은 액체이고, 충분히 굳으려면 제법 긴 시간이 필요하기 때문이다.

그런데 왕국의 건설현장에서는 매일 한 층씩 올라가는 것을 목격하게 될 것이다.

추운 겨울이 이렇고 다른 계절에는 불과 몇 시간 만에 위층 콘크리트를 타설하는 걸 볼 수도 있다. 그래서 하루에 2개 층 이상 올라가기도 한다.

Y-그룹에서 생산하게 될 특수첨가제를 사용하면 30분~1시간 만에 완전히 굳기 때문이다.

이론상으론 매일 24~48층씩 올릴 수 있다.

하지만 현실은 그러지 못한다. 안전을 위한 동바리[2] 와 거푸집[3] 설치에 상당한 시간이 필요하기 때문이다.

하지만 이 시간도 그리 길지 않다. 모든 건설현장에는 사람이 아닌 일꾼 로봇이 투입된다. 위험하고, 어렵고, 때로는 더러운 일일 수 있기 때문이다.

어쨌거나 일꾼 로봇은 24시간 내내 1초도 쉬지 않고 움직인다. 그러니 동바리와 위층 거푸집 설치에 걸리는 시간이 그리 길지 않다. 홀로 움직이는 것이 아니고, 가장 효율적인 방법으로 여럿이 설치하기 때문이다.

서울시 영등포구 여의도에 있는 63빌딩은 18년간 대한민국 최고층 마천루(摩天樓)[4] 였다.

한때는 미국을 제외한 전 세계 최고층이기도 했다.

사람들은 63층까지 있어서 63빌딩인 것으로 잘못 알고 있다. 사실은 지상이 60층이고, 지하가 3층까지 있어서 그런 이

2) 동바리 : 원하는 강도를 얻기까지 고정하중 및 시공하중 등을 지지하기 위하여 설치하는 가설 부재

3) 거푸집 : 콘크리트를 부어 원하는 형태나 크기로 만들기 위하여 설치하는 가설 구조물

4) 마천루(摩天樓) : 하늘을 찌를 듯이 솟은 아주 높은 고층 건물

름이 붙은 것이다.

이 건물은 착공에서 완공까지 5년 3개월이 걸렸다.

이실리프 왕국에 이와 100% 동일한 건물을 짓는다면 아무리 길어도 석 달 열흘이면 충분하다.

토목 및 골조 공사에 80일, 내장, 외장 및 각종 설비와 조경 공사 등에 20일 정도 걸리는 것이다.

날씨 추운 겨울이 이렇고, 일기 쾌청한 봄이나 가을이라면 이보다 훨씬 단축된 60일 정도면 된다.

한편, 아랍에미리트 두바이의 랜드마크인 부르즈 할리파는 높이 828m이고, 162층이다.

시공사는 베식스, 아랍텍, 삼성물산이었는데 500m를 넘어가는 지점부터는 삼성이 단독으로 시공했다.

그 이유는 3일에 1개 층씩 올라가는 초고속 건설기술 때문이었다. 삼성에만 콘크리트 급속 시공 기술이 있었기에 가능했던 것이다.

어쨌든 일반상식을 가진 사람이 초고속으로 지어지는 건물은 보면 무슨 생각을 하겠는가!

참고로, 콘크리트 양생은 18℃ 정도가 적당하다.

이보다 온도가 높으면 냉각 시 균열이 발생할 수 있고, 낮으면 강도가 약하다.

어쨌거나 왕국의 건설현장은 상식을 파괴한다.

하여 당분간은 이런 모습을 외부에 노출시키지 않는 것이 좋다. 그러려면 휴전선 왕래가 차단되어야 한다.

역사를 되짚어보면 한국인 중에는 쓸데없는 사대주의를 가지고 있는 자들이 상당히 많다.

세종대왕이 훈민정음을 반포하려 할 때 선두에 서서 극렬히 반대했던 인물이 있다.

집현전 부제학 최만리이다. 그는 여섯 가지 이유를 들어 한글 창제에 반대한 바 있다.

그중 첫째는 '대대로 명(明)나라의 문물을 본받고 섬기며 사는 처지에 한자와 이질적인 소리글자를 만드는 것은 명에 대해 부끄러운 일' 이라는 것이다.

이런 개소리를 지껄였음에도 당장 모가지를 자르라는 명령을 내리지 않은 것 보면 세종대왕은 분명한 성군이다.

신무기인 신기전이 개발되었을 때에도 최만리는 입에 거품을 물고 난리를 쳤다.

명나라와의 관계를 악화시킨다며 이를 반대했던 것이다.

그러면서 말하길 '신무기 기술을 즉시 명나라에 넘겨줌으로써 전쟁하지 않고 공존하는 방법을 택해야 한다.' 는 개소리를 지껄였던 인물이다.

한국에서 핵무기를 능가할 무기를 개발해냈는데 이를 지나에 넘겨주고 처분만 기다리자는 것이나 다름없다.

이런 걸 주장하는 인간은 태어나는 즉시 패대기를 쳐서 세상 구경을 못 하게 해야 한다. 숨 쉬는 공기조차 아까운 벌레

만도 못한 존재이기 때문이다.

조선의 16대 임금인 광해군을 역괴(逆魁)로 몰았던 서인세력 역시 사대주의자들이다.

인조반정을 일으킨 다음 날, 실세가 된 인목대비는 교지 하나를 내렸다. 광해군의 36가지 죄를 논해 반전 쿠데타를 정당화하는 내용이 담겼다.

구구절절하지만 이를 한마디로 정리하면 다음과 같다.

> 광해군은 명나라의 은혜를 저버리고 오랑캐와 화친해
> 인륜과 예(禮)를 저버렸으니 쫓아내는 것이 마땅하다.

인조의 아들 효종은 삼전도의 굴욕[5] 을 안긴 청나라에 복수하기 위해 북벌을 계획하였다. 그런데 이를 극렬히 반대한 세역이 있으니 바로 서인들이다.

오랑캐와 화친했다는 이유로 쿠데타를 일으켰던 세력이 그 오랑캐에게 사대하기 시작한 것이다.

따라서 인조반정은 오로지 사사로운 권력을 쥐기 위한 음모에 불과했음이 명백하다.

따라서 광해군에 대한 재평가가 필요하다.

얼마 전에 작성된 현수의 버킷리스트에는 시공간초월마법

---

5) 삼전도의 굴욕 : 조선이 청나라와의 전쟁에 패하여 당시 왕이었던 인조가 홍타이지에게 세 번 절하고, 아홉 번 머리를 조아리는 의식을 한 것

으로 과거로 돌아가면 해야 할 일이 기록되어 있다.

그중엔 최만리뿐만 아니라 인조반정에 가담했던 서인세력 전부 3족을 멸하는 것이 포함되어 있다.

임진왜란이 발발하기 전인 1592년 이전으로 돌아가면 도요토미 히데요시뿐만 아니라 고니시 유키나가, 가토 기요마사, 와카자카 야스하루 등 모든 왜장들을 제거할 것이다.

아울러 그의 휘하까지 완전히 몰살시킬 계획이다.

연후에 일본의 인구를 100분의 1 이하로 줄이는 것도 있다. 6살 이상인 사내 전부의 목을 베어낼 생각인 것이다.

임란 당시에 왜놈들 길잡이로, 정보원으로, 심지어 왜놈처럼 머리를 깎고 왜놈 흉내를 내며 같은 조선인을 강간하고, 약탈 및 살해하던 친일파 또한 3족을 멸할 예정이다.

조선시대 후기로 가게 되면 이완용을 비롯한 을사오적과 정미칠적 등의 9족을 완전히 '박멸(撲滅)' 할 생각이다.

사람이라 생각되지 않기에 박멸이라는 어휘를 쓴다.

이는 '모조리 잡아 없앤다' 는 뜻으로 주로 기생충 등을 제거할 때 사용되던 단어이다.

한일합방(韓日合邦) 이후 왜놈들의 지배를 받던 시절로 가게 되면 모든 친일파들을 죽일 것이다.

대가리는 쇠 절구로 뭉개버리고, 상체와 하체를 찢어 짐승들의 밥이 되도록 내다버리게 할 것이다.

이들 또한 당연히 9족을 멸할 예정이다.

다만 아버지의 친일행각까지 낱낱이 기록하였던 임종국 같은 사람은 예외이다.

임종국은 조선총독부 관보 35년분 2만 매와 총독부 기관지 매일신보 10년분을 전부 필사(筆寫)한 사람이다.

그러곤 이 자료를 바탕으로 연도별, 인물과 단체의 친일행각을 낱낱이 기록했다.

이렇게 작성된 인명 카드가 1만 3,000여 장에 달했는데 2009년에 발간된 '친일인명사전'의 핵심자료로 사용되었다.

한편, 조선을 지배하고 있는 왜놈들은 당연히 씨몰살이다.

남녀노소 가리지 않고 모조리 목을 베어 왜국 왕의 거처에 던져놓게 할 것이다.

이에 대한 반발로 군대를 파견하면 모든 전투로봇을 파견하여 열도 전체의 인구를 섬멸한다. 다 죽인다는 뜻이다.

어쨌거나 21세기 대한민국에도 아무런 거리낌 없이 국가 기밀을 누설하는 자들이 있다.

덕분에 미국, 일본, 지나 등은 아주 편히 새로운 소식을 접하게 된다.

예를 들어, ADD(국방과학연구소)에서 신무기를 개발하면 하루도 지나기 전에 미국에서 정보를 요구하거나 간섭한다.

삼성전자에서 새로운 반도체를 만들면 얼마 못 가 그 기술을 지나에서 사용하고 있는 것이 방증이다.

공공장소에서 거리낌 없이 국가기밀을 누설하는 국해의원

(國害議員)들은 차라리 애교에 속한다.

공무원, 군인, 정치인, 교수, 언론인, 연구원 등 거의 모든 분야에서 수많은 기밀들이 누설되고 있었다.

참으로 한심한 노릇이다.

그래서 전부 에이프릴 증후군 판정을 받았고, 사망 직전까지 극심한 고통을 겪어야 했다.

가기 전에 살아서 지옥을 톡톡히 경험했을 것이다.

이들이 겪은 고통은 고문틀에 꽁꽁 묶인 채 날 무딘 작두로 손가락과 발가락이 하나씩 짓뭉개지듯 절단되는 것을 두 눈 똑똑히 뜨고 지켜본 것이나 다름없다.

뒤를 이어 발목 또는 손목 끝으로부터 5㎝ 간격으로 차례차례 잘라졌고, 배에서 뽑혀 나온 장기와 창자가 토막 나는 걸 보았으며, 눈알이 뽑히는 것을 경험한 것보다 더하다.

아무튼 사대주의자는 거의 전부 제거된 상태지만 완전히 발본색원된 것은 아니다. 아직 잘못을 드러내지 않았거나 그 정도가 경미하여 처벌을 면한 자들이 남아 있다.

그래서 처벌이 끝난 것이 아니다.

언제든 잘못을 저지르려 하면 선제적으로 혹독한 고통을 겪게 한 뒤 세상에서 지울 예정이다.

지금까지는 죄를 지은 것에 대한 처벌이었지만 앞으로는 죄를 지으려는 조짐만 보여도 바로 사형이 언도되는 것이다.

아무튼 개발이 시작되면 대한민국의 그 어느 누구도 왕국

영토에 발을 들여놓지 못하게 한다.

한국 대통령과 국회의원 포함이다. 이들 역시 이산가족 상봉을 위해 준비한 구역 이상을 통과할 수 없는 것이다.

예외가 있다면 조인경과 김지윤, 그리고 둘의 부모뿐이다.

지상뿐만이 아니다. 한반도 상공의 위성은 그 어떤 방법으로도 지상을 촬영할 수 없다.

사람 얼굴에 초상권이 있듯 국가의 모든 것도 외부에서 들여다보지 못하게 할 권리가 있다.

그래서 상공을 지나는 모든 위성을 재밍(jamming)하여 아무것도 찍을 수 없게 한다. 지나가는 것은 가능하지만 들여다보는 것은 불허(不許)인 것이다.

그 범위는 한반도 전역과 지나의 장강 이북지역, 그리고 몽골 포함이다.

슬라브 3국과 콩고민주공화국의 영토도 마찬가지이다.

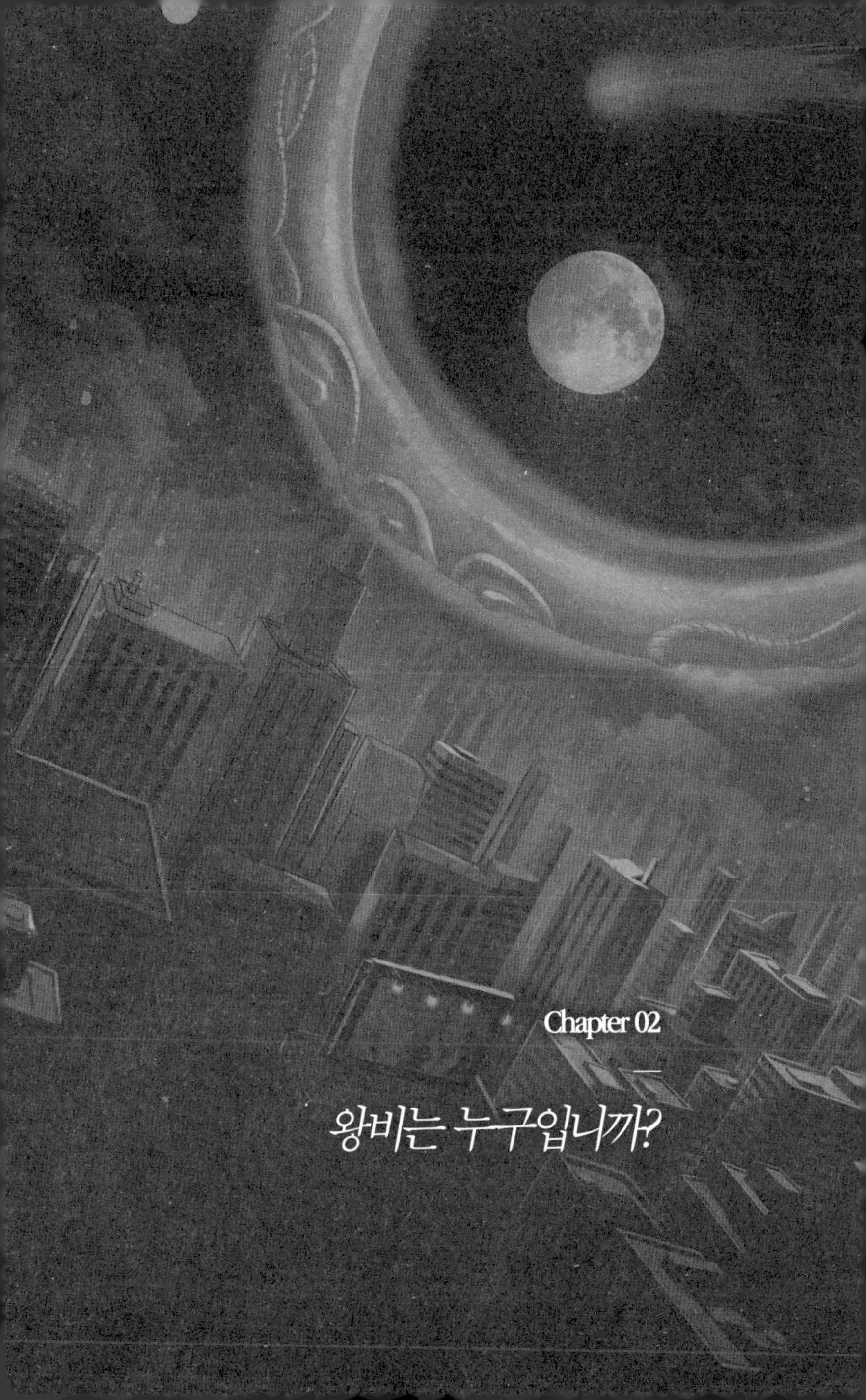

Chapter 02

왕비는 누구입니까?

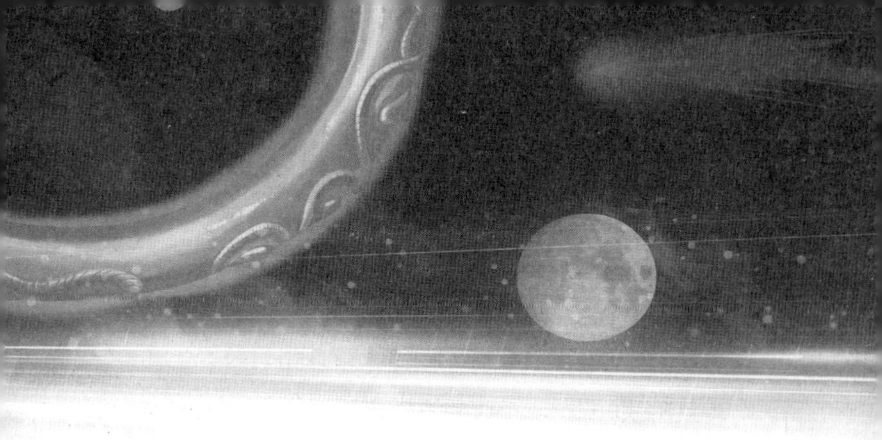

2017년 2월 2일, 인천공항에 대형 여객기들이 착륙했다.

이 공항의 관제사들은 일이 없어 노는 중이었다. 에이프릴 증후군이 번지기 시작한 지난해 4월 이후부터이다.

그렇다고 마냥 놀고만 있을 수 없다. 너무 오래 쉬면 실력에 녹이 슬 수도 있는 때문이다. 그래서 각종 상황을 설정한 후 이착륙 시뮬레이션을 하며 나날을 보내고 있었다.

어느 태풍이 심하게 불던 날, 테러리스트에게 납치된 민간 여객기가 이륙하고자 할 때 고장이 발생한 항공기가 긴급 착륙을 요구하는 등의 상황이다.

같은 순간, 랜딩기어에 문제가 생겨, 동체 착륙한 항공기에서 긴급 대피를 하고 있는데 하필 이때 화재까지 발생하여 소방차들이 출동하고 있다면 어떠하겠는가!

그리고 또 한 대의 항공기가 비상착륙을 요구하고 있다. 기내에 생명이 경각에 달한 환자가 있는 상황이다.

아마 웬만한 베테랑이 아니라면 당황하다 실수를 범할 수도 있을 것이다.

이렇듯 복잡하면서도 긴급한 상황을 설정하여 매일매일 훈련을 한 결과, 관제사들의 실력이 나날이 발전하고 있었다.

그런데 오늘은 진짜 비행기가 착륙했다. 이륙하는 비행기가 전혀 없으니 어떤 활주로를 이용하든 관계없다.

하지만 이를 실전이라 생각하고 착륙 유도를 하였고, 안전하게 내려앉았다. 이에 관제탑 요원들은 하이파이브를 하며 성공적인 착륙을 자축했다.

너무도 당연한 일인지라 환호하는 등의 소동은 우스꽝스럽다. 나중에 생각해보면 몹시 뻘쭘할 것이다.

어쨌거나 오늘 입국한 이들은 현수 일행과 더불어 Y-그룹 임직원들이다. VVIP가 당도한 것이다.

공항 측은 다음 달이면 국왕이 되실 몸인지라 국가 정상에 준하는 예우로 맞이하려고 했다.

그런데 상대 쪽에서 정중히 사절했다.

아직 국왕이 아니라는 것이 이유이다.

다시 말해 이번엔 일반인 신분으로 입국하는 것이니 크게 신경 쓰지 말라는 것이다.

입국장 안에는 한동안 세계적인 뉴스를 생산하던 하인스 킴의 입국을 취재하기 위한 기자들로 북적이고 있다.

현수의 일거수일투족은 초미의 관심사이다.

21세기 최초의 건국왕이 될 사람이고, 아직 미혼이니 젊은 여성들 모두 뉴스에 눈과 귀를 기울인다.

여성뿐만 아니라 남성들도 마찬가지이다.

세계 최고의 부자, 투자의 신, 전무후무할 천재 등 상당히 많은 타이틀을 가지고 있다.

하여 거의 모든 언론사에서 취재 나왔다. 그럼에도 모인 기자들의 수효는 얼마 되지 않는다.

일단 외신기자는 눈을 씻고 찾아보려 해도 보이지 않는다. 괴질이 무서워 일제히 대한민국에서 탈출했던 때문이다.

국내 기자들의 수효도 엄청난 것은 아니다.

지난 1년 사이에 기레기 전부가 현직에서 사라졌다.

회사를 그만두고 다른 일자리를 찾아간 것은 아니다. 밥숟가락 놓고 다시는 볼 수 없는 존재가 된 것이다.

아울러 난립해 있던 언론사들이 대거 정리되었다.

기레기들의 요람이었던 곳은 광고가 끊겨 폭삭 망한 것은 물론이고, 사주 일가까지 싸그리 뒈져버렸다.

그 결과 보도직 일자리가 크게 줄어들었으니 기자들의 숫자도 그리 많지 않은 것이다.

이 보다는 언론계통에서 일을 하다 보면 에이프릴 증후군에 걸릴 확률이 높다는 헛소문 때문에 입사 지원을 하지 않는 것도 한 이유이다.

그래도 제법 많은 수의 기자들이 모여 있었는데 이들의 뒤에는 접근금지 라인이 쳐져 있고, 그곳엔 수많은 인파가 몰려 있다. 순수 환영 인파이다.

입출국이 끊겼으니 텅 비어 있어야 함에도 수많은 사람들이 몰린 이유는 현수와 Y—엔터 아티스트 때문이다.

세간엔 묘한 소문 하나가 나돌고 있다.

현수를 실물로 본 사람이 복권을 사면 당첨될 확률이 매우 높다는 것이다.

말도 안 되는 이야기지만 사람들은 이 말을 믿고 싶어 한다. 그리고 본인이 1등 당첨자이길 바란다.

그래서 이 자리에 나온 사람도 상당히 많다. 밑져야 거의 본전이란 생각을 하고 나온 것이다.

"와와와와와! 여기 좀 봐줘요."

"하인스 킴! 사랑해요."

"형님! 손 한 번만 잡아줘요."

"존경합니다. 형님!"

"꺄아아악! 하인스 오빠다."

"우·윷·빛·깔· 하·인·스! 사·랑·해·요· 하·인·스!"

이런 도떼기시장[6]이 있을까 싶을 만큼 시끄럽지만, 그래도 선은 넘지 않고 있다.

하지만 누군가 하나가 툭 튀어나오면 마치 물이 가득했던 제방이 무너지듯 우르르 달려들 것이다.

그럼 그때부터 난리다. 하나라도 엎어지면 연속해서 그렇게 된다. 그럼 다치거나 압사당하는 사람이 생길 수 있다.

그런데 다중밀집 사고를 예방하고, 질서를 유지시킬 통제가 전혀 보이지 않는다.

'도로시! 공항 쪽 안전요원들이 왜 안 보여?'

'입출국이 뚝 끊기면서 공항 이용자수가 급감하자 무급휴가를 보내서 그래요.'

'끄응!'

현수는 나지막한 침음을 냈다. 웃으며 환호하던 얼굴이 고통과 질식 때문에 찌푸려질 수 있음을 알기 때문이다.

하여 억제하고 있던 황제의 카리스마를 뿜어냈다.

고오오오오오오—!

소리 없는 기운이 단숨에 쭉 뻗어가자 환호하며 방방 뛰던 환영객들이 일제히 고요해진다.

카리스마에 심령이 압도당한 결과이다. 순식간에 소란이 가셨지만 집중되었던 시선마저 돌려진 것은 아니다.

---

6) 도떼기시장 : 여러 종류의 물건을 파는 질서 없고 시끌벅적한 시장. 고양이 뿔만 없지 다른 모든 것은 있다고 전해지던 곳

"이렇게 환영해 주셔서 고맙습니다."

현수의 음성이 울려 퍼지자 시선은 더욱 집중된다.

현자가 설파하는 금과옥조(金科玉條)를 귀담아들으려는 제자들 같은 모습이다.

"저희 일행 모두 오랜 출장과 장시간 비행으로 인한 피곤함을 느끼고 있습니다. 그러니 일행 모두 무사히 귀가할 수 있도록 길을 터주셨으면 좋겠습니다."

말을 하며 손으로 나갈 방향을 알려주었다. 그러자 모세의 기적이라도 재현하려는 듯 양쪽으로 물러선다.

현수는 감사의 표시로 살짝 고개를 숙이곤 뒤쪽의 조연 부사장에게 눈짓을 하였다.

잠시 후 Y—엔터 임직원들이 질서정연하게 갈라진 인파 사이로 사라졌다. 줄지어 서 있던 대형버스들은 인원이 차면 바로바로 출발했다.

그러는 동안 공항 내부에 회견장이 마련되었다.

부랴부랴 달려 나온 공항 직원의 도움을 받아 탁자와 의자를 빌린 것이다.

탁자 위에는 수십 개의 마이크가 줄에 묶인 채 놓였고, 많은 카메라들이 현수에게 집중되었다.

현수의 곁에는 신일호 등 휴머노이드들만 남았다. 지윤과 밀라 등도 Y—엔터 직원들이 빠져나갈 때 섞여나간 것이다.

발군의 미모이기에 쉽게 사람들 눈에 뜨여야 정상이지만

고개를 숙였고, 아티스트들 또한 평균 이상인 미모를 가졌기에 알아채지 못한 것이다.

잠시 후 기자회견이 시작되었다. 환영 나온 인파들이 상당히 많았는데 모두 기자들 뒤쪽에 서 있다.

현수는 손짓으로 공항 직원을 불러 귓속말을 했다.

인근에 할인마트 같은 곳이 있는지 물은 것이다.

잠시 후 신이호 등이 어디론가 향했고, 얼마 지나지 않아 접는 등산방석 수백 개를 가져왔다.

현수는 탁자 위의 마이크를 들고 입을 열었다.

"시간이 얼마나 걸릴지 모르겠습니다. 다리 아프실 텐데 편히 앉으시라고 깔개를 가져오도록 했습니다."

현수가 말을 하는 동안 깔개가 전달되었다.

"인원은 많고, 마땅한 것이 없어 급히 구해온 것이니 부디 타박 마시고 앉아주셨으면 좋겠습니다."

말 떨어지기 무섭게 적당한 자리를 잡고 앉는다. 앞에서부터 뒤쪽으로 마치 도미노처럼 순서대로였다.

마치 앉아번호를 하게 한 것 같은 모습이다.

방송용 ENG 카메라를 든 기자 외엔 모두가 자리에 앉는 것을 지켜본 현수는 고개를 끄덕이곤 환히 웃어주었다.

뜻대로 따라줘서 고맙다는 표시였다.

"자, 이제부터 질문 받겠습니다. 인원이 많으니 손을 드시면 제가 지정하지요. 아! 거기. 네! 갈색 재킷을 입으신 남성분 말씀하십시오.”

“감사합니다. Y—뉴스의 도진태 기자입니다. 대표님, 전무님, 전하, 아니, 뭐라 불러야 좋죠?”

“와하하하하!”

한바탕 웃음이 터져 나온다. 현수는 Y—그룹 대표이고, 천지건설의 전무이사 등의 직책을 맡고 있다.

그런데 곧 국왕이 되실 몸이다. 절대 함부로 할 수 없는 신분이기에 호칭이 마땅치 않은 것이다.

“그냥 대표라 불러주십시오.”

“네, 그럼 대표님께 여쭤보겠습니다. 이번 2차 대국…”

기자들이 질문하고 현수가 답변하는 시간이 흘렀다. 이미 보도된 내용을 확인하는 것이 거의 대부분이었다.

바하마를 떠난 직후 무수한 기사들이 쏟아져 나왔다.

별의별 내용이 다 있었는데 대중들은 그걸 다 믿지 않는다. 죽은 기레기들이 세상만사를 지들 입맛에 맞게 마음대로 날조하고, 조작했던 여파(餘波)이다.

세상에 그런 아전인수(我田引水)가 없었으며, 그처럼 어처구니없는 견강부회(牽强附會)도 없었다.

아예 없는 사실을 있는 것처럼 소설을 쓴 것도 많다.

그럼에도 너무 당당했다. 한마디로 후안무치한 개만도 못한 쓰레기들이 기자로 재직하고 있었던 것이다.

하여 세상은 그들을 기레기 혹은 기더기라 칭했다.

그리고 그들이 싸질러놓은 조작되거나 편향된 쓰레기 같은 기사는 독버섯처럼 번져갔다.

하여 기사를 보면 본인이 알아서 선별적으로 받아들일 것은 받아들이고, 무시할 것은 무시해야 하는 세상이 되었다.

활자를 그대로 믿으면 안 되는, 정말 진위를 가리는 것조차 쉽지 않던 시절이 얼마 전이었던 것이다.

그래서 아예 뉴스를 보지 않는 사람도 많다.

그런데 아무 생각 없이 사는 무지성(無知性)한 사람들은 어떤 기사를 보든 그런가 보다 하며 믿는다.

이 중 누군가는 문득 이상함을 느끼게 된다.

같은 사건에 대한 기사인데 언론사에 따라, 혹은 기자에 따라 논조(論調)가 확연히 다르기 때문이다.

보는 각도에 따라 달리 보이는 것 정도가 아니다.

한 사람은 물이라 하고, 다른 사람은 불이라 하는 정도이다. 또 다른 이는 바람이라고 하고, 땅이라고도 한다.

자세히 들여다보며 반추해보면 억지로 꿰어 맞춰 뭔가 엉성하다는 것이 보인다. 이런 것들을 모두 걸러내야 은폐, 축소, 조작된 것들을 지우고 진실에 도달할 수 있다.

그런데 이것을 알아차릴 만한 통찰력을 가진 사람은 그리 많지 않다. 결코 쉽지 않은 일이기 때문이다.

게다가 뉴스가 홍수처럼 쏟아져 나오던 시절이다. 하나에 매달려 있기엔 너무 바쁜 세월이었던 것이다.

그래도 대체 무엇이 진실인가를 알고자 노력했던 자들은 하나의 진실을 접하게 된다.

다시 말해 의식이 깨어 있는 사람들은 많은 기사들이 조작, 날조, 은폐, 축소되어 있다는 것을 알게 되는 것이다.

기사 내용의 진위를 판가름하는 것은 쉽지 않고, 상당히 피곤한 일이다. 그래서 아예 종이쪼가리 신문의 뉴스들은 거들떠보지 않게 되었다.

대신 인터넷 매체 중에서 대중의 검증을 받은 것으로 보이는 것만 골라서 구독한다.

그럼에도 불신하는 마음은 완전히 가시지 않는다.

언론사 또는 기자의 표리부동(表裏不同)함이 언제 드러날지 알 수 없는 때문이다.

그리고 오히려 더 악랄하게 사건을 비틀어 왜곡시켰을 수도 있다. 대중보다 똑똑한 어떤 기레기가 지록위마(指鹿爲馬)하여 그것이 마치 진실처럼 보이게 했다는 뜻이다.

덕분에 대중의 언론에 대한 시선은 싸늘했다. 믿을 놈 하나 없는 세상으로 만든 때문이다.

대표적으로 모 종합편성채널을 꼽을 수 있다.

국민들의 욕을 처먹던 종이쪼가리 신문을 발행하여, 한 재산 모은 특정 언론사에서 만든 채널이다.

다른 신문사들이 만드니 등 떠밀려서라도 만들어야 했다.

그렇게 많은 돈을 들여 개국(開局)했는데 이미지가 너무 나빠서 돈이 되지 않았다. 시청률이 매우 낮았던 것이다.

하여 궁여지책으로 꾀를 냈다.

인지도와 명망 높은 언론인을 스카우트하여 뉴스 전면에 내세우는 것이 그것이다.

사람들은 의외의 스카우트에 시선을 줬다.

모기업이라 할 수 있는 종이 쪼가리 신문사와 완전한 대척점(對蹠點)에 있는 성향과 논조를 가진 인사였던 것이다.

이 언론인이 데스크를 맡는 동안엔 제법 균형 잡힌 기사가 보도되었고, 신선한 시도도 이어졌다.

그리고 은폐나 축소 없이 진실을 알리려는 노력도 하였다. 하여 국민들의 눈과 귀를 사로잡는 데 성공했다.

뉴스에 대한 신뢰도가 대폭 상승한 것이다.

그런데 얼마 지나지 않아 다른 종이쪼가리 신문사와 전혀 다를 바 없는 쓰레기로 전락했다. 시청률이 웬만큼 오르자 그 언론인을 토사구팽(兎死狗烹)한 것이다.

그냥 내쫓으면 욕을 들어 처먹겠다 싶었는지 내부 승진으로 데스크에서 물러나게 하는 방법을 썼다.

보도(報道)에 관여할 수 없는 자리로 보내 버린 것이다.

겉보기엔 그럴듯했지만 다들 안다. 모기업과 다른 목소리를 내는 것을 결코 좋게 보지 않았다는 것을!

아무튼 문과 나온 대가리 좋은 새끼들은 꾀를 부려도 꼭 이렇게 나쁜 꾀만 부린다.

그래서 이번 적폐청산을 할 때 싸그리 지워버렸다.

사주(社主)를 기준으로 4촌 이내는 세상에 없다. 남녀노소를 가리지 않고 소위 말하는 삼족을 멸(滅)한 것이다.

원래는 이렇게까지 할 생각이 없었다.

4촌 이내라도 올바른 정신이 박힌 상식적인 사람은 예외로 하라고 했다. 그런데 그럴 대상이 없었다.

다들 특권의식, 갑질, 부정부패, 뇌물수수, 각종 비리 등과 연루되어 있었으며, 호가호위하던 인물이었다.

그렇기에 4촌 이내의 방계혈족까지 모조리 지워졌다.

이 언론사의 각 부문 국장이나 편집장 등 고위직들 또한 화장터에서 재가 된 지 오래이다. 그러기 전까지 죽을 것 같은 고통을 끝없이 겪은 건 지극히 당연한 일이다.

쓰레기 같은 기사로 여론을 호도(糊塗)하던 기레기들은 말해 무엇 하겠는가!

전, 현직을 망라하였고, 그간 지은 죄에 대한 대가를 모두 치르고 나서야 관(棺)에 누울 수 있도록 했다.

주인과 종업원을 동시에 잃은 언론사는 이내 문을 닫았다. 간판이 떨어졌고, 윤전기는 용광로 속으로 들어갔다.

곧이어 부동산 매각이 시작되었다. 그런데 매수 희망자가 없다. 지독한 불경기였으니 당연한 일이다.

결국 경매에 붙여졌고, Y—Property가 단독 입찰하였다.

이때는 모든 상장사들이 비업무용 부동산을 홍수처럼 쏟아내던 시절이라 완전 헐값에 낙찰되었다.

이 신문사와 종합편성채널은 한동안 광고가 뚝 끊겨서 수입이 없게 되자 가장 먼저 비정규직을 일괄 해고했고, 직원들의 월급과 지대(紙代) 등의 지불을 유예했었다.

그럼에도 사주 일가의 사치스러운 생활에는 변동이 없었다. 쟁여놓은 돈이 얼마나 많았겠는가!

아무튼 낙찰 대금은 밀린 급여와 퇴직금, 그리고 각종 미지급 대금 등을 청산하는 데 사용되었다.

그러고도 약간이 남았지만, 후손이 끊겨 마땅히 상속받을 사람이 없었다.

참고로, 대한민국의 상속엔 1~4순위가 있다.

1순위는 직계비속과 배우자이고, 4순위는 4촌 이내의 방계혈족이다. 그리고 4촌이 넘어가면 상속권이 없다.

하여 남은 돈 모두 국고에 귀속되는 것으로 마감되었다. 세상에서 완전히 지워지고 나서야 끝난 것이다.

역사책에는 쓰레기 언론사가 천벌을 받아 사주 일가와 사원의 90% 이상이 뒈진 것으로 기록될 것이다.

어쨌거나 현재 공항에 나와 취재하고 있는 기자들은 그런 기레기들과는 사뭇 다르다.

공정 보도, 편향되지 않은 시각, 열린 마음, 진실을 알리려는 열정 등으로 무장된 제대로 된 언론인들이다.

그래서 예의를 잃지 않고, 질문의 수위 또한 일정한 선을 넘지 않는다. 대번에 표정이 변할 질문은 없었다는 뜻이다.

내용은 이미 기사화된 것들 중 대중들이 궁금해하던 것들에 대한 사실 확인이 거의 전부였다.

현수는 부담 없이 소회(素懷)를 풀어냈고, 일련의 장면은 생방송으로 송출되었다. 그렇게 회견이 이어졌고, 마지막 질문을 받기로 하였다.

"저쪽 검은 안경 쓰신 분! 네, 맞습니다."

현수의 지목을 받은 사람이 자리에서 일어나자 마이크가 전달된다. 이를 받아들고 툭툭 쳐 본 기자가 입을 연다.

"감사합니다. 참언론의 박재열 기자입니다."

"네, 반갑네요."

"대표님께 여쭙겠습니다. 3월 1일에 건국되는 이실리프 왕국의 초대왕비는 어떤 분이십니까? 모스크바 데뷔탕트 때 말씀하셨던 김지윤 님이신지요?"

"……!"

현수는 잠시 대꾸하지 않았다.

생방송으로 송출되고 있음을 알기 때문이다. 하지만 머뭇거린 시간은 그리 길지 않았다.

"이 질문에 대한 답변은 조만간 있을 공식 석상에서 발표하는 것이 좋을 듯합니다. 우리 왕국의 매우 중대사이기 때문입니다. 그러니 궁금하시더라도 기다려주십시오."

아무도 대꾸하는 이가 없었다.

귀국 기자회견장에서 밝히기엔 사안이 너무 중대하다는 것에 다들 동의한 것이다.

"다음에 또 만나길 바라며 오늘 회견은 이것으로 마쳤으면 합니다. 감사합니다."

말을 마친 현수는 좌중을 둘러보곤 자리에서 일어섰다. 그럼에도 아무도 일어서지 않는다.

뒤쪽의 환영 인파 또한 고요하다. 예의를 갖추는 중이다.

현수는 공항 직원의 안내를 받아 출구로 나아갔다. 그렇게 몇 발짝 떼었을 때 우레와 같은 함성이 터져 나온다.

"우와아아아아아아아아아—!"

짜짝짝짝짝짝짝짝짝짝짝짝짝짝짝짝—!

현수는 끝없는 함성과 박수에 손을 흔들어 화답하였다.

"감축드려요. 국왕 전하!"

"이실리프 왕국의 건국을 축하해요."

"저를 왕비로 삼아주세요."

"사랑해요, 하인스 킴!"

"한 번만 안아주고 가세요. 하인스!"

"하인스! 당신과 키스하고 싶어요."

"당신이라면 얼마든지 애 낳아드릴게요."

현수는 마지막 말을 했던 여성에게 시선을 주었다. 그러곤 피식 웃지 않을 수 없었다.

교복 입은 앳된 여고생이었던 것이다.

'누구지?'

'성북구 수유동에 있는 정원여고 1학년 2반 이예림 양이에요. 왕비 후보로 올릴까요?'

'도로시의 평가는 어때? 괜찮겠어?'

이 말에 대한 대답은 약 0.2초 후에 있었다.

대한민국에 거주하는 인물에 대한 모든 것을 샅샅이 추려서 몇 마디 말로 설명하기 위해 걸리는 시간이다.

'으음!

부모 모두 교사예요. 무남독녀이구요. 2학기 기말고사 평균 78.6점, 반 석차 8등, SNS 중독이에요. 장래 희망은 연예인이구요. 성형수술은 아직 안 했어요.'

'연예인? 배우? 가수?'

'연기는 모르겠지만 노래 솜씨는 별로라는 평이네요. 이예림 양은 뭐든 연예인이면 된다는 생각이구요.'

'잘 크면 그렇게 될 확률이 아주 없진 않을 것 같은데?'

'모친의 미모를 물려받았으니까요.'

'엄마가 연예인이야?'

'아뇨! 일반인이라니까요. 한때 얼짱으로 유명했어요. 현재 초등학교 교사구요. 아빠도 못 생긴 얼굴은 아니에요. 고등학교 화학 교사예요.'

도로시는 순식간에 싸이월드 서버까지 뒤진 결과를 보여준다. 이예림의 엄마와 아빠 예전 모습이다.

엄마는 어디 가도 못 생겼다는 소리를 듣지 않을 미모이고, 아빠는 제법 잘생긴 청년의 모습을 하고 있다.

'이거 뽀샵질 한 사진 아냐?'

'에이, 그건 아니에요.'

도로시가 아니라면 진짜 아닌 거다.

'공부엔 관심 없어?'

'방과 후 동네 보습학원을 다니긴 하는데 그쪽으론 흥미를 못 느끼는 거 같아요. 초등학교 때부터 성적은 항상 중간쯤이었어요.'

'한창 공부할 시간인데 여기 와 있는 거 보면 그렇겠지.'

공부에 관심 없음에도 반 석차가 8등이라면 머리가 나쁜 것은 아니라 공부하는 시간이 적었다는 뜻이다.

다음은 서울대 의예과 수석 합격자가 남겼다는 말이다.

오늘도 독서실에 마지막까지 남아서 공부했다.

생각해보니 참 웃기는 일이다.

내가 제일 공부를 잘하는데 내가 제일 열심히 한다.

배운 것을 익히고, 그것을 응용하는 것에는 분명 두뇌의 성능이 작용한다. 그럼에도 그보다 훨씬 더 중요한 것은 집중하여 학습하는 시간이 얼마인지이다.

다시 말해 머리의 성능이 떨어지더라도 책상 앞에 앉아 있는 시간이 길어지면 성취도가 높아진다.

전교 1~2등 대부분은 엉덩이에서 쥐나는 것을 경험한다.

반면 중하위권은 평생 이런 경험을 갖지 못한다. 엉덩이에 쥐가 날 정도로 오랫동안 한 자리에 앉지 않기 때문이다.

이예림은 후자에 속하는 모양이다.

'어떻게 해요? 이예림 양을 왕비 후보로 올려요?'

'미쳤어? 아델리나까지 여섯이나 있어.'

'잘만 크면 설이화 님 못지않은 미모가 될 거 같아요.'

'끝…! 더 이상 말하지 마.'

현수는 도로시와 더 이상 농담 따먹기를 하지 않을 것임을 확실히 했다. 그러곤 공항 청사 밖으로 발을 내디뎠다.

"아아! 어서 오세요."

와락 안겨드는 동체를 어느 누구도 제지하지 않는다. 전혀 위험하지 않다는 뜻이다.

현재 현수 주위엔 신일호 등이 완전히 에워싸고 있기에 사람들의 시선으로부터 자유롭다. 하여 밀어내지 않았다.

문득 느껴지는 향기는 분명 알고 있는 화장품 냄새이다.

"……? 아! 잘 있었어?"

"네에, 보고 싶었어요."

품을 파고든 것은 조인경이다.

현수를 보내놓고 마음고생이 이만저만이 아니었다.

상당한 기간 동안 주변에 지윤을 비롯한 미녀들이 즐비했으니 어찌 안 그렇겠는가!

쌀이 익어 밥이 되어 버리면 본인만 개밥의 도토리 신세가 될 수 있기에 이 걱정 저 걱정하느라 거의 매일 밤 전전반측(輾轉反側)[7] 했던 것이다.

"마중 나온 거야?"

"네에!"

"고맙네."

"고맙기는요. 당연하죠."

"아버님은 좀 어떠셔?"

"돌봐주시던 임 여사와 제주도 여행 가셨어요. 그리고 이제 다 나으셔서 활동하는 데 큰 지장 없어요."

"그래? 다행이시네."

현수가 대답할 때 도로시가 끼어든다.

'사실상 신혼여행이에요.'

'응…? 그건 무슨 얘기야?'

'둘이 필라테스 교습소를 다니는 동안 정분이 났어요.'

조인경의 부친 조중택과 재활을 돕는 한편 식사와 빨래, 청소 등을 맡았던 임은주는 같이 지내는 시간이 길어짐에 따라 서로에게 호감은 느끼게 되었다.

하지만 속내는 감췄다.

조중택은 1963년 생이고, 임은주는 1973년 생이다.

7) 전전반측(輾轉反側) : 누워서 몸을 이리저리 뒤척이며 잠을 이루지 못함

조중택은 열 살이나 어리기에 차마 좋아하게 되었다는 말을 할 수 없었다.

임은주도 조중택의 인품이 좋았다.

가사도우미라고 무시하거나 하대하지 않고 늘 존댓말로 대했고, 부드럽게 이야기했다.

게다가 인상도 나쁘지 않다.

몸이 어느 정도 좋아지자 재활을 위해 매일 필라테스 교습소를 다니던 어느 날, 라디오에서 노래가 흘러나왔다.

감미로운 발라드였는데 노래가 끝나자 MC와 출연자는 게스트를 소개했다. 얼마 전에 세간의 화제를 모았던 사업가와 결혼한 여성 탤런트였다.

부부의 나이 차이는 12살이다.

하여 띠동갑을 어떻게 극복했는지, 언제 결혼을 결심했는지, 집안 어르신의 반대는 없었는지 등을 세세히 물었다.

아울러 신혼생활이 어떤지도 물었다. 이에 여성 게스트는 마냥 행복하다는 이야기를 늘어놓았다.

사랑받는다는 것을 확실히 느낄 수 있고, 매일매일이 즐겁고 행복하다면서 환히 웃었다.

이에 또 다른 초대 손님이 결혼하고 나서 적어도 서너 살은 어려진 것 같다는 칭찬을 했다.

MC도 이에 맞장구를 치면서 보기에 좋다고 했다.

이때 뒷좌석에 앉아 있던 조중택이 여자들은 나이 차이 많이 나는 사내와 어찌 연애할 생각을 하느냐고 물었다.

이에 임은주는 연애는 나이로 하는 게 아니라면서 믿음직하고, 배려해준다는 느낌이 좋으면 걸림돌이 될 수 없다고 대꾸했나. 그러면서 세간에 화제가 되었던 나이 차가 큰 커플들을 꼽았다.

정호영 이영애 20살, 임창정 서하얀 18살, 마동석 예정화, 그리고 소지섭 조은정 17살, 백종원 소유진은 15살, 이병헌 이민정은 12살 차이라는 것이다.

여기에 비하면 10살 차이는 막내에 해당된다.

이날 이후 둘의 사이가 급격히 좁혀졌다. 그리고 얼마 지나지 않아 임은주가 들어왔다. 아예 살림을 합친 것이다.

대신 조인경이 인근의 원룸을 얻어서 나갔다. 아빠의 그레이 로맨스에 쌍수를 들어 찬성했던 것이다.

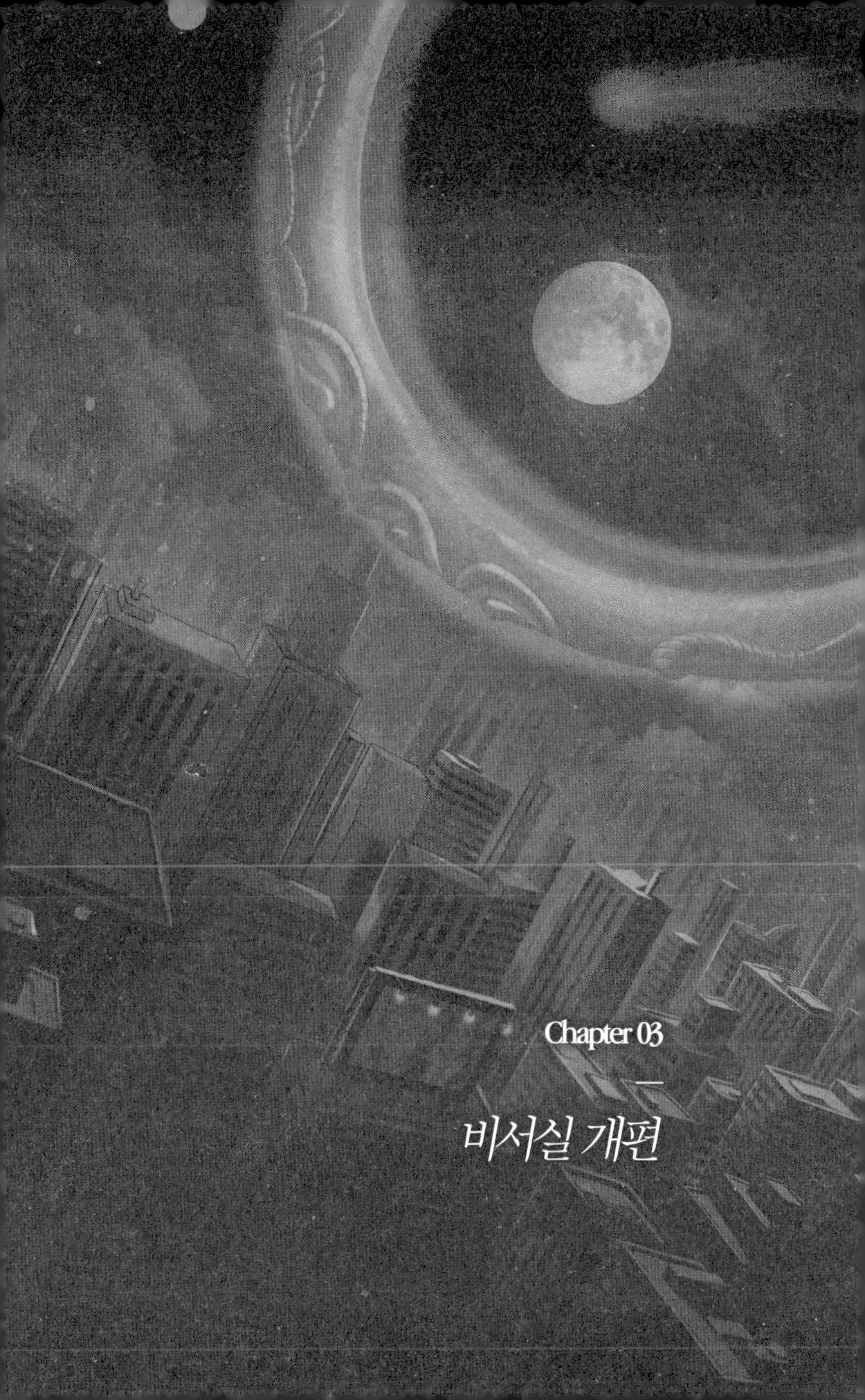

Chapter 03

비서실 개편

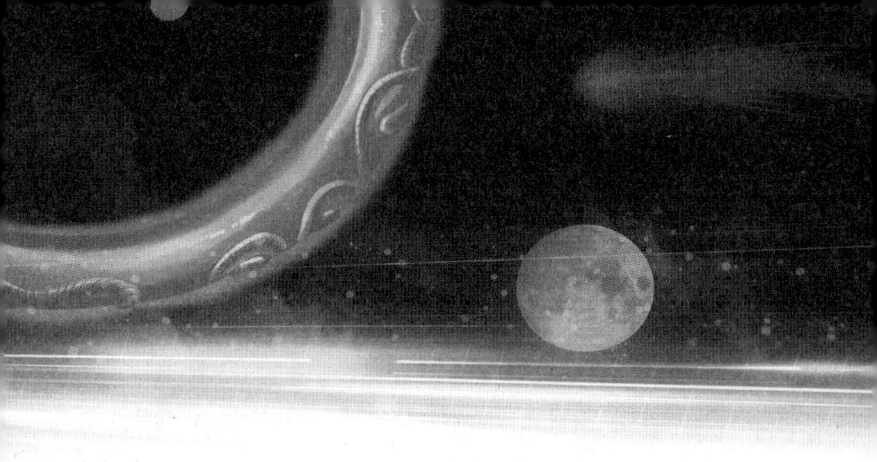

인경은 현수에게 청혼을 받은 후 마음에 걸리는 한 가지가 있었다. 결혼하면 누가 아버지를 돌봐주나 싶었던 것이다.

당시엔 거동이 자유롭지 않았으니 당연한 생각이다.

하여 가사도우미로 일하던 임 여사가 새엄마가 되면 어떨까 하는 생각을 했었다.

12년 전에 남편과 사별하였고, 딸 하나를 키우기 위해 온갖 고생을 했다. 이곳저곳의 마트에서 캐시어로 근무했는데 옮길 때마다 추근대는 사내들이 있어 그만둬야 했다.

이후로 대리운전을 시작했다. 그런데 이번엔 취객들이 함부로 대해 더 이상 일을 할 수 없어서 쉬고 있었다.

상당히 곤궁한 생활의 연속이었음에도 마치 티 없이 자라 행복한 결혼생활을 하는 여자처럼 구김살도 없고, 무의식적인 열등감도 보이지 않았다. 속에 뭐를 감추고 있는지 알 수 없지만 적어도 겉은 그러했다.

내친 김에 임 여사의 딸 진혜수에 관해 알아보았다.

중학교를 다니고 있는데 그 또래의 아이들처럼 쾌활한 것 같지만 속내를 들여다보면 가난 때문에 주눅 든 것을 감추기 위한 위장이라는 평가였다.

임은주 역시 팍팍한 삶, 별로 밝지 못한 미래 때문에 마음고생이 많을 것이다.

그럼에도 전혀 내색치 않으니 겉은 밝아도 내적 스트레스가 상당할 것이라는 짐작이 갔다.

같은 여자로서 동정심을 느끼지 않을 수 없었다.

한편, 조인경의 아버지 조중택은 마땅한 재산이 없다.

오랜 병원 생활 덕분에 예금도 없고, 부동산 또한 없다.

받게 될 연금도 없다. 그래서 조인경이 모든 월급을 꼬라박아도 부족했던 것이다.

현재 살고 있는 아파트는 Y-Property 소유로 되어 있다.

현수가 준 것이 맞지만 명의를 바꿀 경우, 재산세 등을 부담해야 하기 때문이다.

인경이 천지건설에 재직하고 있지만, 부장이었다가 상무이사로 승진한 것은 모른다. 나이가 어리니 사원 또는 대리 정도로 생각하고 있다.

이것이 임 여사가 조중택에 대해 파악하고 있는 바이다. 간병하는 동안 대화를 많이 했으니 당연한 일이다.

조중택은 딸 자랑을 하지 않았다.

아픈 아빠를 보살피느라 애를 많이 썼고, 그 때문에 연애 한 번 못 해 본 모태 솔로라는 이야기만 했을 뿐이다.

회사 일이 바빠 일찍 나갔다가 늦게 들어오는 것이 안쓰럽게 느껴진다는 것은 이야기했다.

이외의 딸 자랑은 없었다.

둘과 관계없는 이야기이기 때문이었다. 하여 인경에 대해 정확히 알지 못하고 있다.

젊은 여자가 혼자 애 데리고 사는 건 쉽지 않은 일이다.

남성에 비해 상대적으로 낮은 임금도 한 이유지만 그보다는 주변의 음흉한 시선 때문이다.

든든하게 지켜주는 이가 없으니 어떻게 한번 해볼까 하는 늑대들이 너무 많다.

총각과 홀아비도 있었지만 대부분 유부남이다.

아직 시들지 않은 미모를 탐냈고, 성적(性的) 쾌락을 얻으려는 대상으로 삼고 접근했던 것이다.

그들 중 믿고 의지할 만한 사람이 있었으면 좋으련만 그렇지 않았다. 다들 별 볼일 없었던 것이다.

그런데 조중택은 믿고 의지해도 될 만한 사람이라 생각되었다. 하여 살림 합칠 생각을 한 것이다.

딱 하나 마음에 걸리는 것이 있었는데 그건 딸만 홀로 남게 되는 것이다.

중학생이기는 하나 엄마 마음에는 아직 어린 딸이다.

그런데 신접[8] 살림을 차리면서 다 큰 딸까지 데리고 들어가는 것은 너무 염치가 없는 짓이다.

하여 인근 원룸에 머물게 하고 싶다고 의논해왔다. 관리인이 상주하고, 디지털 잠금장치 등으로 보안이 괜찮은 곳이다.

연봉이 늘어나 생활비와 월세는 어떻게 해결하겠지만 보증금을 낼 목돈은 없다고 하였다.

이전의 실직기간이 상당하여 살던 집 보증금을 거의 다 까먹은 상태였던 것이다. 하여 조인경 명의로 세를 얻어주면 월세 및 관리비는 본인이 부담하겠다고 했다.

이 말을 들은 조중택은 딸을 불러 상황을 이야기했다.

인경은 현재 Y—Property의 대표이사 대리 전무이사이다. 다시 말해 대한민국의 거의 모든 주거지를 관리한다.

임은주가 말한 원룸에 대해 조사를 마친 인경은 흔쾌히 고개를 끄덕여주었다.

마땅한 친구나 친척, 또는 지인이 없던 임은주이기에 급변한 세상을 잘 몰랐다. 하여 원룸이 보증금 1,000만 원에 월세 50만 원, 그리고 관리비 6만 원 정도로 알고 있었다.

---

8) 신접(新接) : 새로 살림을 차려 한 가정을 이룸

Y—Property가 인수한 원룸은 보증금 100만 원에 월세 10만 원, 그리고 관리비는 5만 원이다.

따라서 임은주에게도 그리 큰 부담이 아니었는데 이를 모르고 의논하자고 했던 것이다.

인경은 즉시 원룸 임대 계약서를 작성했다.

그러곤 보증금 입금 후, 관리인에게 연락하여 진혜수를 주시해달라는 지시를 내렸다.

인근 불량배의 접근을 차단하고, 질 나쁜 학생들과 어울리면 즉시 알려달라는 내용이다.

입주자의 안전은 관리인의 책무 가운데 하나이다. 따라서 권리남용이나 부당한 지시에 해당되지 않는다.

게다가 아직 어린 학생이 홀로 생활하게 되니 어른으로서 관심 가지고 지켜보는 것은 지극히 당연한 일이다.

미국의 대통령이었던 빌 클린턴의 배우자 힐러리 클린턴이 1996년에 출간된 책 'It takes a village' 의 서문에는 다음과 같은 속담 하나가 인용되어 있다.

It takes an entire village to raise a child.
한 아이를 키우려면 온 마을이 필요하다.

아이가 자라나는 동안 만나는 어른은 그 아이가 장차 어떤 사람이 될지 영향을 끼치는 존재이다. 그 어른들로부터 모든 것을 보고, 듣고, 배우기 때문이다.

따라서 원룸 단지 관리인에게 한 당부는 이 사회의 어른으로서의 역할을 부탁하는 말일 뿐이다.

어쨌거나 마음에 걸리는 일이 해결되자 둘의 사이는 더욱 가까워졌다. 하지만 침실을 같이 쓰지는 않는다.

조중택의 건강은 많이 좋아졌지만 완전한 상태는 아니다.

각종 장기는 이전보다 훨씬 좋아졌지만 빠진 근육은 아직 제대로 회복되지 못한 것이다.

한마디로 기력은 나아졌지만 체력이 턱없이 부족하다.

이런 때의 과도한 방사(房事)[9] 는 자칫 치명적인 결과를 빚을 수 있다. 기력과 체력의 부조화로 인한 부작용이다.

그래서 배우도록 한 것이 필라테스이다.

자세 교정과 회복을 목적으로 신체의 유연성과 근육을 발달시키는 운동이기 때문이다.

이는 단시간에 해결될 일이 아니다. 하여 꾸준함과 시간이 필요하다. 그래서 매일 교습소를 다녔다.

아무튼 매일 집 안에서 창밖만 바라보고 살 수는 없다.

하여 바람이라도 쐬라고 모처럼의 나들이로 둘만의 여행을 권했다. 그러곤 신혼 선물 명목으로 5성급 호텔 패키지를 건넸다. 숙박은 물론이고, 조식과 석식까지 제공받는다.

현수 소유의 호텔이라 얼마든지 무료 숙박권을 줘도 되지

9) 방사(房事) : 남녀가 성적으로 관계를 맺는 일. 성교(性交)

만 비용을 지불했다.

괜한 일로 책잡히고 싶지 않은 것이다.

낮에는 렌트한 차를 타고 돌아다니다가 점심을 해결하라고 맛집 리스트를 주었다. 넉넉한 여비는 덤이다.

한편, 방학 중인 진혜수는 삼성 드림클래스 방학 캠프로 보냈다. 3주간 대학생 강사들과 합숙하면서 영어와 수학 집중교육을 받는 프로그램이다.

이 밖에 발레 공연, 음악회, 미술품 관람 등 문화체험을 하면서 친구도 사귀고, 멘토(mentor)로부터 격려를 받아 자신감을 갖게 하기 위한 캠프이다.

진혜수는 단 한 번도 이런 프로그램을 접하지 못했다.

그간 형편이 너무 어려워서 그랬다. 그래서 그런지 제안을 받자마자 눈빛을 반짝이며 흥미를 보였다.

참으로 다행한 일이었다.

인경은 매일 출근해야 한다. 천지건설 부장과 Y—Property 대표이사 대리로서의 책무가 있기 때문이다.

직책이 낮으면 휴가 내고 쉴 수 있지만 고위직이라 그럴 수 없다. 치열한 전쟁이 벌어지고 있는데 야전사령관이 자리를 비우면 어찌 되겠는가!

출근하고 나면 혜수 혼자 어찌하나 걱정이었다. 그런데 다행히 캠프에 참석하고 싶다고 하여 기분 좋게 보냈다.

"아버님이 직접 운전하시는 거야?"

"아뇨! 운전은 임 여사님이 하세요."

"그나저나 또 마중 나온 거네."

"네에."

현수는 품에 안긴 인경의 교구를 살짝 당겨 안고는 뒷머리와 등을 쓰다듬었다.

"아아~!"

아주 작은 신음을 낸다. 너무나 포근해서 정신이 아득해진 때문이다. 잠시 후, 대기하고 있던 승용차에 올랐다.

"어디로 모실까요?"

"양평 집은 다 지어졌어?"

운전석에 앉은 신일호에게 물은 말이다.

"아직이랍니다."

양평에 지어지고 있는 것은 100만 평 규모인 Y-Animal Welfare를 포함한 총 150만 평짜리 궁(宮)이다.

저택의 좌측 25만 평은 유기견, 우측 25만 평은 유기묘, 그리고 배후의 50만 평은 둘을 제외한 나머지 동물들을 보살피는 용도로 사용될 예정이다.

이것들이 완공되면 적어도 수도권에서는 안락사당하는 유기 동물들이 없게 된다.

셋의 중심부에는 대형 동물병원이 들어선다.

전담 수의사와 미용사 등이 다수 고용되었는데 이들을 위한 거처는 인근 교통 편한 곳에 준비되어 있다.

이를 제외한 순수 저택 면적이 50만 평이다. 여기엔 상당히 넓은 궁전이 지어지는데 천지건설에 발주되었다.

지난해 12월 말쯤의 일이니 이제 겨우 한 달 남짓이 지났다. 따라서 신입도와 부지 정리나 다했으면 다행일 시간이다.

땅거죽이 얼어붙는 겨울이기 때문이다.

천지건설은 토목과 골조, 전기와 설비, 그리고 조경과 인테리어를 맡는다. 가구 배치와 보안 장비 설치 등 세부공사는 휴머노이드와 일꾼 로봇들이 할 예정이다.

천지건설이 끝낸 후에야 투입될 예정이니 입주까지는 아직 멀었다.

현재는 왕궁 전용 가구와 집기, 전자제품, 침구, 생활용품 등이 제작되고 있다.

가구와 집기는 왕궁에 걸맞은 명품이고, 가전제품과 침구 등은 첨단을 뛰어넘는 성능과 기능을 가진 것이다.

"흐음! 그럼, 어디로 가지?"

막상 가려니 마땅한 거처가 없다.

전에 사용하던 아파트는 김현주의 교육과 경호를 위해 배치한 휴머노이드들이 사용하고 있다.

아직은 조인경에게 보여줄 수 없는 존재이니 그곳으로 갈 수는 없다.

운전석의 신일호가 입을 연다.

"그럼, 호텔로 모실까요?"

"그래? 어느 호텔?"

"워커힐 어떠십니까?"

"거기…? 으음, 그래. 그쪽으로 가."

"네! 모시겠습니다."

차가 달리기 시작하고 얼마 지나지 않았을 때 인경이 입을 연다.

"저어, 저희 집은 어때요?"

"응…?"

"저희 집 지금 비었어요. 머무시는 건…."

인경은 괜히 부끄러웠다. 썸남에게 라면 먹고 가라는 말을 하는 기분이었기 때문이다.

현수는 슬쩍 곁눈질했다.

인경이 안절부절하고 있다. 본인의 뜻과 달리 받아들여질 수 있음을 문득 깨달은 모양이다.

본인은 현재 원룸으로 거처를 옮겼다. 따라서 현수 혼자 있으면서 편하게 쉬라는 의도였다.

그런데 같이 밤을 지새우자는 소리로 들릴 수도 있다. 하여 귀가 빨갛게 달아오른 것이다.

"괜찮아."

현수는 가볍게 어깨를 보듬어 안았다. 이에 인경은 헝겊 인형처럼 맥없이 딸려와 품에 안긴다.

그래도 오해하지 않게 해야 한다.

"저는 다른 데서 살아요."

"응? 왜?"

"임 여사님 들어오셔서 따로 방 얻어 나갔어요."

"아…! 신혼이시라?"

"네에."

"그럼 그 집으로 갈까?"

"네에?"

화들짝 놀라며 몸을 세운다.

"뭘 그리 놀라? 어찌 사는지 보고 싶다는 건데."

"아! 네에. 근데 청소를 못해서…."

진짜 아침 일찍 나가서 오밤중이나 되어야 귀가하는 생활이 이어져 왔다. 집 안은 당연히 개판 5분 전이다.

벗어놓은 스타킹이 방바닥에 나뒹굴고, 입으려던 옷들은 사방에 널려 있다.

주방엔 지난밤에 먹고 아직 치우지 못한 라면 냄비가 싱크대에 처박혀 있다. 빈 컵라면 용기도 여럿이다.

화장실에는 치우지 못한 생리대가 있으며, 세면대 근처에는 온갖 화장품들이 뚜껑 열린 채 놓여 있다.

화장대엔 머리카락이 잔뜩 낀 헤어 롤과 브러쉬가 나뒹굴고, 그 곁에는 전선이 배배 꼬인 헤어드라이어와 고데기가 아무렇게나 놓여 있다.

여기저기 널린 집게 핀과 빗 등은 덤이다.

바닥에는 마스크 팩 포장지 여럿이 떨어져 있고, 사용하다 놓아둔 면봉도 다수이다.

침대 곁 협탁에는 반쯤 먹은 과자 봉지가 3개나 있고, TV 리모컨은 어딘가에 처박혀 있는지 찾을 수 없다.

이불은 아침에 나갈 때 그대로의 모습으로 뭉개져 있다.

빨래 건조대엔 미처 걷지 못한 팬티와 브래지어 등이 걸려 있으며, 세탁기 안에는 살짝 냄새 풍기는 빨랫감이 그득하다. 한마디로 표현하자면 폭탄 떨어진 방이다.

절대로 현수를 데리고 가면 안 되는 상황인 것이다. 하여 애원하는 표정으로 바라본다.

"알았어, 알았어! 오늘은 그냥 호텔로 갈게. 대신 집 구경은 나중에 하는 걸로."

"어휴! 네에."

인경은 귀가하는 즉시 대대적인 청소를 해야겠다는 생각과 더불어 안도의 한숨을 내쉰다.

"휴우~!"

집 안이 개판이라는 것이 충분히 짐작되는 모습이다. 하여 피식 웃고는 말을 이었다.

"그나저나 회사는 어때?"

"회사 어디요? 천지건설이요? 아님, Y—Property요?"

"먼저 천지건설부터."

"천지건설은 완전 호황이에요. 어마어마하게 인원을 뽑고 있어서 모든 건설사가 인력난을 느낄 정도예요."

천지건설이 맡은 해외공사는 한두 개가 아니다.

아제르바이잔에서만 신도시 건설과 유화단지 건설을 하고 있다. 엄청 큰 공사이다.

이밖에 콩고민주공화국에서는 전 국토를 X자로 가로지르는 총연장 6,785㎞짜리 철도공사가 진행되고 있다.

잉가댐 및 수력발전소 공사도 시작되었다.

슬라브 3국과 콩고민주공화국 조차지 전체를 개발하는 공사도 곧 발주될 예정이다.

둘 다 대한민국 영토보다 훨씬 넓고, 거의 모든 것을 새로 시작하는 것이나 다름없다. 따라서 최소 50년은 일감 걱정하지 않고 시공에만 몰두해도 된다.

현수는 계약과 동시에 총공사비의 30%를 전액 현금으로 지불하고 있다.

자금 걱정하지 말고 공사에만 매진해달라는 뜻이다.

잉가댐 및 수력발전소는 39억 8,000만 달러, 철도공사는 354억 7,555만 달러이다. 이것의 선급금으로 118억 366만 5,000달러를 지불한 바 있다.

아제르바이잔의 유화단지 공사는 172억 달러이고, 신도시 건설 공사는 600억 달러짜리이다.

이것의 선급금 231억 6,000만 달러도 이미 지불되었다.

둘을 합쳐 약 350억 달러이다. 한화로 41조 1,250억 원 정도를 현금으로 확보한 것이다.

따라서 대한민국의 모든 건설사들이 심한 불경기 때문에 다 망해도 천지건설만은 끄떡없을 것이다.

막대한 외화를 품에 넣은 천지건설은 기술자 확보에 열을 올리고 있다. 다음은 사원 모집공고 중 일부이다.

《 천지건설 신입사원 및 경력사원 모집 》

당사는 해외공사 전문 건설회사로서 사세 확장을 위해 아래와 같이 각 부문 신입 및 경력사원을 모집합니다.

관련 인재들의 많은 지원 바랍니다.

모집인원 : 00,000명

근 무 지 : 아제르바이잔, 콩고민주공화국 등 해외

모집직종 : 기술직, 안전관리, 조경 등

우대조건 : 기사 및 기술사 자격증 소지자 우대

… 중략 …

천지건설 주식회사 대표이사 신형섭

모집인원 단위가 다섯 자리 숫자이다. 요즘 같은 불경기에 무려 1만 명 이상을 뽑겠다는 뜻이다.

이 숫자는 대한민국 건국 이래 최대이다. 하여 신문과 방송에서도 사원 모집 소식을 뉴스로 내보냈다.

천지건설에 자금이 풍성하다는 것은 업계에 널리 퍼진 소문이다. 작년엔 자금 유동성 위기를 겪으면서 부도날 위기가 있었으나 보유 부동산 매각 등으로 간신히 벗어났다.

이후 대규모 해외공사를 수주하면서 완전한 호황기에 접어들었다. 하여 Y—그룹 계열사만큼이나 든든해졌다.

모든 부채를 상환하여 채무 없는 유일한 건설사가 된 것이다. 참고로, Y—그룹 계열사들은 모두 상장되지 않은 상태이고, 부채 제로이다.

아무튼 현재 대규모 감원 및 자발적 퇴사 러시로 불안감을 느낀 타 건설사 임직원들의 이력서가 쇄도하고 있다.

처음엔 불만 섞인 항의가 몇 번 있었다. 돈 있다고 기술자를 다 빼 가면 다른 회사들은 어떻게 하느냐는 것이다.

하지만 이내 잦아들었다. 국내 영업에 치중했던 회사들 대부분이 존폐 위기로 내몰린 때문이다.

다 지어진 아파트라 할지라도 전혀 분양되지 않고 있다.

굳이 거금 들여 부동산을 보유하는 시대는 끝났고, 더 이상의 투기는 없다는 Y—Property의 신박한 광고 때문이다.

게다가 국내 경기침체로 새롭게 발주되는 공사가 거의 없다. 마땅히 계획대로 발주되었어야 할 각종 관공사조차 눈을 씻고 찾아봐도 없다.

정계, 관계, 언론계, 법조계, 군부, 학계, 예술계 등 거의 모든 분야에서 사망자가 속출하고 있어 계획에 잡혀 있는 공사조차 발주할 겨를이 없는 때문이다.

불과 1년도 안 되는 사이에 전 국민의 18%가량이 사망했다. 전쟁이 나도 이 정도는 아니다.

임진왜란은 1592년부터 1598년까지 6년 6개월이 걸렸고, 정유재란은 1597년부터 1598년까지 1년 4개월가량이다.

둘을 합치면 7년 10월간 전란(戰亂)을 겪은 셈이다.

선조 24년(1591년)의 인구는 대략 1,400만 명이었다, 그런데 인조 17년(1639년)은 1,066만 명이다.

상당히 많이 감소했는데 상당수가 왜놈들에게 끌려간 때문이다. 따라서 사망자는 이 보다 적다.

1950년부터 3년간 벌어졌던 6.25전쟁은 약 17만 1,000명이 전사했고, 3만 2,600명이 실종되었다. 민간인은 100만 명 정도가 사상(死傷)된 것으로 추산된다.

한편, 2016년 4월 이후 9개월 동안 사망자 수는 942만 3,356명이다. 에이프릴 증후군으로 914만 8,745명, 그리고 자연사 및 병사(病死)한 숫자는 27만 4,611명이다.

이는 전년 사망자 수의 약 33.5배이니 어마어마하다.

어쨌거나 한국은 전쟁이 벌어진 것도 아닌데 짧은 기간 동안 너무 많이 죽어나갔다.

하여 나라 전체가 초상집 분위기이다.

그럼에도 난리가 벌어지지 않는 것은 죽은 자들 거의 전부가 욕먹을 짓을 하다 뒈진 것들이라 쉬쉬할 뿐이다.

이런 상황이라면 불만이 있어도 대놓고 욕을 하진 못한다. 혹시라도 보복당할까 두렵기 때문이다.

좋은 점은 기생충처럼 이런저런 트집을 잡아 뇌물을 빨아먹던 것들 거의 전부가 뒈졌다는 것이다.

협박과 폭력으로 이권을 챙겨가던 폭력배와 양아치들도 모조리 사라졌다. 아주 속 시원한 일이다.

나쁜 점은 민간에서 발주하는 공사도 없어졌다는 것이다. 이건 매우 답답하지만 방법이 없다.

대한민국의 거의 모든 상장사들은 체질 개선을 하느라 보유하고 있던 부동산을 내놨고, Y-Property는 이를 적정 가격에 매입해주었다.

매각금액은 우선적으로 채무변제에 사용되었다.

지독한 불경기라 상황이 매우 어려우니 빚부터 갚으라는 주주의 요구는 지극히 타당하다.

그러고도 남는 게 있으면 불합리한 것을 뜯어고치는 데 투입하라 하였다. 지분 95% 이상을 위임받은 절대자의 명인지라 따르지 않으면 곧바로 해고이다.

그래서 새로운 공사를 발주하지 못하고 있다.

이 밖의 민간공사 또한 완전히 끊겼다. 발주할 만한 자리에 있던 놈들 거의 전부 죽었기 때문이다.

게다가 부동산을 Y—Property에서 쓸어갔다. 땅이 있어야 뭔가를 짓는데 내놓을 생각을 하지 않는다.

이처럼 분양과 수주, 둘 다 되지 않으니 당연히 어려움이 많다. 졸지에 존폐 위기로 내몰린 것이다.

이런 와중에 고액 연봉자들이 대거 퇴사 신청을 하니 오히려 고맙다고 해야 할 판이다.

둘째는 천지건설이 향후 20년간 관공사를 수주하지 않겠다는 선언을 한 때문이다. 정부가 발주하는 공사에 전혀 관심 없으니 알아서 나눠먹으라는 뜻이다.

입출국과 수출입이 끊긴 상태이고, 불경기라 관공사 말고는 할 게 없는데 가장 강력한 경쟁자가 발을 빼겠다고 한다.

어찌 환영하지 않겠는가!

그렇기에 대놓고 자사(自社) 직원 중 인재들만 뽑아가고 있음에도 보고만 있는 것이다.

아무튼 천지건설은 호황 중에서도 초호황을 맞이하고 있다. 그것의 일등공신은 당연히 현수이다.

그러니 전무이사 비서실 소속인 조인경 역시 잘 나간다. 연봉이 대폭 인상되었고, 겸직도 허용되었다.

앞으로 Y—Property에서 발주할 공사가 많다.

일단 강남구 전체를 쓸어내고 공원화하는 공사가 있다. 서초구와 송파구 일부도 이에 속한다.

아울러 노후화된 슬럼가를 차례대로 비우고 모두 새로운

주거지로 탈바꿈시키는 공사가 계획되어 있다.

서울만 이런 게 아니라 전국 대도시와 농어촌까지 이러하다. 얼마나 일감이 많겠는가!

조인경 부장은 천지건설이 파견한 트로이 목마 속의 용맹한 병사나 다름없다.

만일 겸직을 불허하겠다고 하면 바로 퇴사할 것이다.

Y—Property에서의 직책은 대표이사 대리 전무이사이다. 전권(全權)을 행사하는 자리라는 뜻이다.

게다가 연봉 및 후생복리가 어마어마하다. 잘 나가는 대기업인 천지건설조차 비벼볼 수준이 아니다.

Y—Property는 현재 증자 작업이 진행 중이다. 기존 5,000억 달러였던 자본금을 1조 달러로 상향하는 것이다.

한화로 1,175조 7,500억 원이고, 전액 현금 증자이다.

2017년 1월 현재, 대한민국 시가총액 1위인 삼성전자를 몇 배나 뛰어넘는 어마어마한 금액이다.

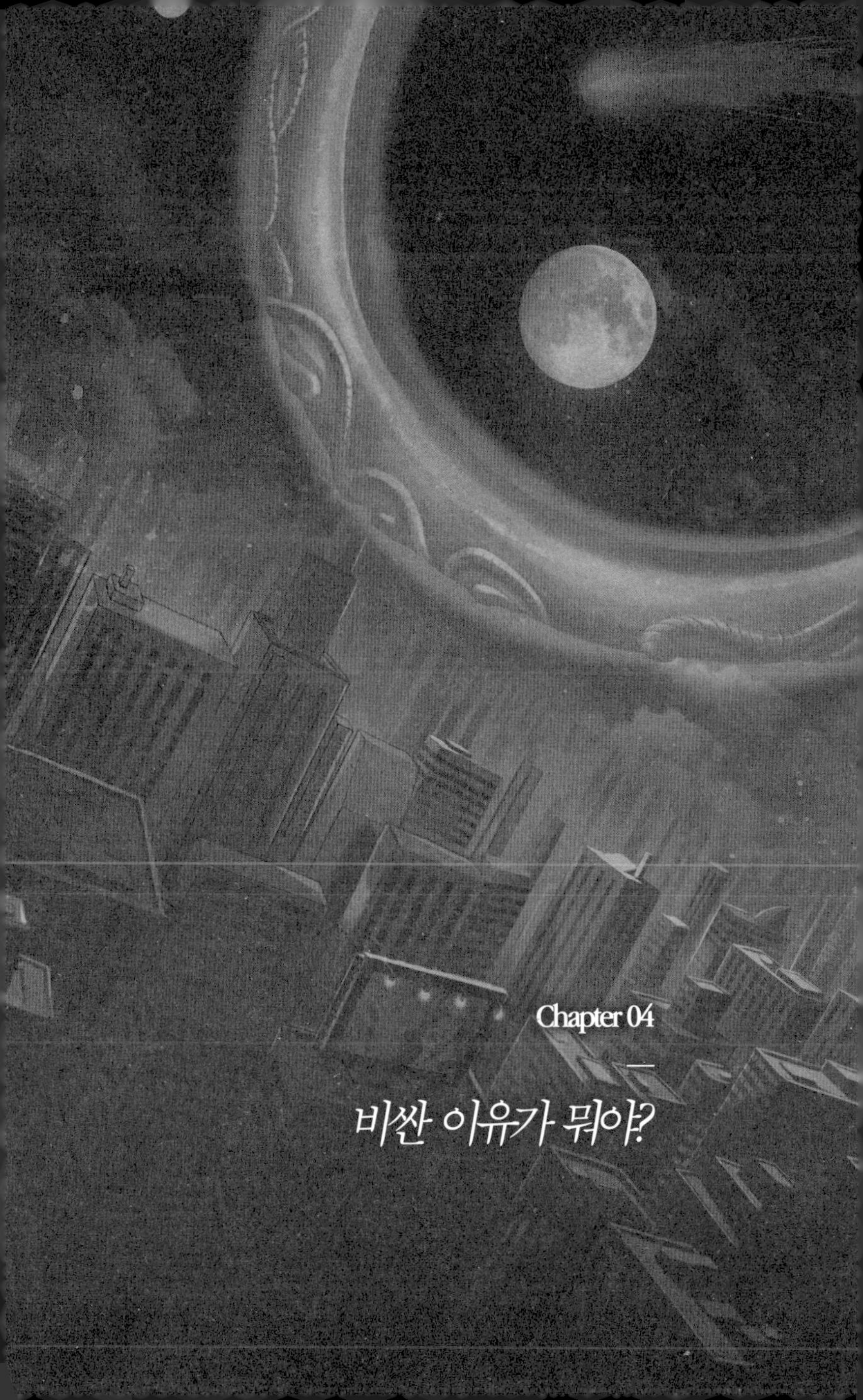

Chapter 04

비싼 이유가 뭐야?

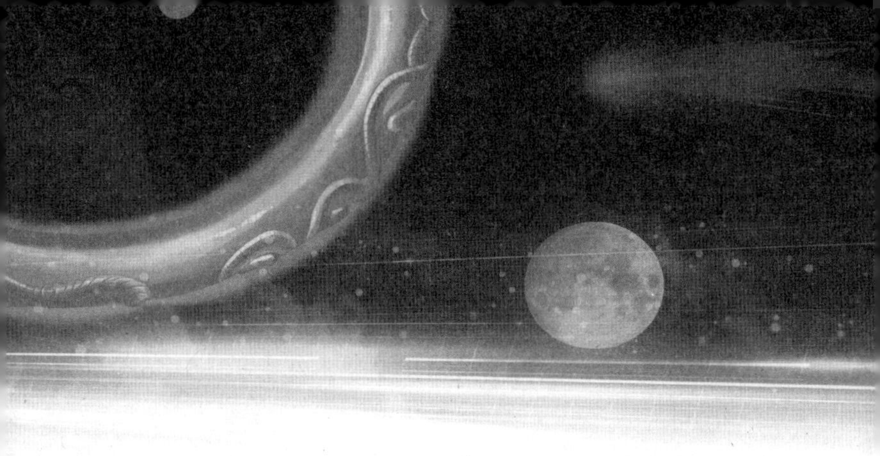

다음은 2017년 세계 시가총액 순위이다.

순위	회사명	시가총액
1	애플	927조 원
2	알파벳(구글)	778조 원
3	마이크로소프트	704조 원
4	아마존	601조 원
5	페이스북	547조 원

현금 1,175조 원은 세계 시총 1위인 애플을 아득히 뛰어넘을 뿐만 아니라 4위와 5위를 사들이고도 남는 금액이다.

다시 말해 아마존과 페이스북 지분 100%를 사들이고도 무려 27조 7,500억 원이나 남는 엄청난 거금이다.

상장만 하지 않았을 뿐 Y—Property는 당당한 세계 1위 기업이다. 그리고 모든 지분이 현수 소유이다.

수많은 페이퍼 컴퍼니와 도로시가 창조해낸 여러 명의로 철저히 분산되어 있을 뿐이다.

2016년 초의 대한민국 주거용 부동산 가치는 약 5,056조 원이었다.

주거용 건물 1,722조 원과 주거용 토지 3,334조 원을 합친 금액이다.

그런데 2017년 2월 2일 현재의 가치는 약 800조 원으로 쪼그라들었다.

불과 1년 만에 약 84%가 폭락한 것이다.

이는 역사상 최대 폭락이다.

하여 부동산 투기에 열을 올리던 투기꾼들 거의 전부 철퇴를 맞은 상태이다.

특히 갭 투자로 한 밑천 잡아보려던 여러 유형의 투기꾼들은 모조리 거덜 났다.

한국인들의 DNA에 각인되어 있던 '부동산은 결코 배반하지 않는다.' 라는 헛된 믿음이 와르르 깨져버린 것이다.

Y—Property의 자본금은 모든 주거용 부동산을 사들이고도 375조 원가량이 남는다.

정부와 지자체가 보유한 국 · 공유지와 고집이 쇠심줄처럼 질긴 이들의 것도 있으니 100%는 못 사들인다.

따라서 남는 돈은 375조 원이 아니라 400조 원 이상이다.

참고로, 이 금액은 대한민국의 2017년 국가 예산 총액과 맞먹는다.

한 기업이 보유하고 있는 여유자금이 대한민국을 1년 동안 운영하는 데 들어가는 것만큼 많다는 뜻이다.

이 돈은 강남구 전체와 서초구, 송파구 일부를 거대한 녹지로 만드는 데 일부 투입될 예정이다.

지상은 물론이고 지하의 모든 구조물까지 모두 철거한 후 피크닉을 즐길 수 있는 거대 공원으로 바꾸려는 것이다.

부동산 투기의 온상이었던 이 지역 거의 전부를 자연으로 되돌려 다시는 같은 일이 일어나지 않게 하려는 의도이다.

그리고 향후 2,000년간 절대로 매각하지 않는다.

훗날 국토부나 서울시 등에서 이를 다른 용도로 사용하려 '토지 수용령' 을 내릴 수도 있을 것이다.

이는 '공공의 이익이 되는 사업을 위하여 필요한 때 그 사업에 필요한 토지를 수용하거나 사용할 수 있다' 는 법령이다.

그런데 이 법령은 '조선총독부제령 제 11호' 가 근간이다.

다시 말해 쪽발이들이 조선의 땅을 무단으로 사용하기 위해 만든 법령이다.

따라서 이를 근거로 토지를 수용하려고 하면 이 계획에 찬성한 인원 전부 친일파 본인에 준하는 처벌을 받는다.

인원의 제한은 없다.

만일 대한민국 국민의 절반이 찬성하면 그 절반을 모조리 죽여서 없앤다.

되도 않는 욕심을 부렸으니 죽을 때까지 산 채로 지옥을 경험하다 가게 될 것이다. 영혼 말살은 덤이다.

그다음은 유족에게 죄가 있는지를 따져 그에 합당한 대우를 해주는 것이다.

만일 조금이라도 덕을 보았다면 친일파 후손처럼 150년간 처절한 가난을 경험하는 등의 일이 일어날 것이다.

현수는 어마어마한 이자가 발생할 수도 있는 거금을 들여 뿌리 깊은 고질인 부동산 투기를 뽑아버리려 한다.

그런데 이를 되돌리려 하는 것을 어찌 두고 보겠는가! 그런 생각을 한 대가리라면 날려버리는 것이 마땅하다.

참고로, 날린다는 것은 직업이나 지위를 잃게 한다는 뜻이 아니다. 글자 그대로 목을 잘라서 죽인다는 뜻이다.

어쨌거나 Y-Property는 지속적으로 허름한 주거지를 밀어내고 새로운 주거단지를 조성하는 일을 할 것이다.

그리고 이에 대한 전권을 조인경 부장이 쥐고 있다.

겸직을 허용치 않아 천지건설을 떠나면 다른 어떤 회사가 득(得)을 볼지 알 수 없다.

하여 겸직 허용과 동시에 그렇지 않아도 많았던 연봉을 또 올려주었다.

그렇게 책정된 금액은 김지윤과 조인경 모두 36억 원이다. 실수령액 36억 원이니 파격적인 인상이 맞다.

이 정도면 직장인 상위 0.0001% 이내에 들 것이다.

그리고 또 하나의 파격 인사가 단행되었다.

현수는 부사장으로 승진했고, 지윤과 인경은 부사장 비서실 소속 상무이사가 되었다.

김지윤은 해외담당, 조인경은 국내담당 비서실장이다.

현수의 연봉은 변함없다.

이미 세계최고의 부자인지라 금액이 중요한 것이 아니기 때문이다.

대신 천지건설에서는 다른 것으로 현수를 지원한다.

기존의 비서실은 김지윤과 조인경, 그리고 이수린과 이은정 이렇게 4명이었다.

그런데 100명을 추가로 발령한 것이 그것이다.

김지윤 상무이사의 휘하에 이수린 과장, 그리고 조인경 상무이사의 아래엔 이은정 과장이 배치되었다.

그리고 이들 밑에 각각 50명씩 배속되게 한 것이다.

비서실의 임무는 현수를 보좌하는 것이다.

무엇을 하든 재벌 회장에 버금갈 예우를 갖추는 것은 기본이다.

그래서 인경의 지갑에는 두 개의 법인카드가 들어 있다. 하나는 지윤에게 전달해야 할 것인데 한도가 없다.

인경은 이것을 이연서 천지그룹 총괄회장으로부터 직접 수령했다.

그때 100억이든 1,000억 원이든 필요한 게 있으면 언제든 아낌없이 쓰라는 말을 들었다.

전폭적인 지원을 지시한 것이다.

어쨌든 천지건설 현황에 대한 보고가 마쳐졌다.

"그럼 Y—Property는 어때?"

"부동산 매입 작업은 순조롭게 끝나가고 있어요. 현재는 한창호 건축사 사무소를 주축으로 도시설계 중이에요."

일감이 많아지자 한창호는 일단 건축사 200명을 고용했다.

그럼에도 인력이 너무나 부족하여 300명을 추가로 모집하고 있는 중이다.

각각의 건축사 밑에는 1급 기사 자격증을 가진 인재 20명씩 배치될 예정이다.

한창호 밑에 건축사 500명이 있고, 그 밑에 건축기사 1만 명이 고용될 예정인 것이다.

이밖에 사무 등 지원인력이 500명으로 늘어난다. 한창호 포함 총 1만 1,001명인 기업이 되는 것이다.

이 정도면 그냥 건축사 사무소가 아니다. 건축설계를 전문으로 하는 대기업 수준인 것이다.

"돈은 안 부족해?"

"오히려 남아요."

"다행이네. 다른 계열사들은?"

"한번 집합시킬까요?"

"누굴?"

"계열사 책임자들이요."

"아냐, 알아서 잘하고 있으면 그럴 필요 없어. 다들 바쁠 테니까."

"그래서 말인데 한번 모아놓고 말씀하셔야 할 것 같아요."

"왜? 뭘?"

"계열사 책임자들 전부 너무 열심히 일을 해서 쓰러지기 일보 직전이에요. 특히 Y—메디슨 민윤서 부사장님은 링거 투혼을 벌이고 있어요."

"민 부사장이? 왜?"

"너무 퇴근을 안 해서요. 현재 27일 되었어요."

"뭐 27일이나 퇴근을 안 해? 그럼 나머지는?"

"박근홍, 태정후, 김인동, 곽진호 등 계열사 책임자 대부분 별 보고 출근해서 별 보고 퇴근해요."

"엥? 그건 또 무슨 소리야?"

"오전 6시 출근, 밤 11시 퇴근을 거듭하고 있어요."

뭘 어떻게 해서 어떤 성과를 얻어내라는 지시가 없자 무한 경쟁으로 들어간 모양이다.

서로 더 나은 성과를 올리려는 욕심을 부리는 중이다.

"그러면 사생활은 아예 없잖아?"

"현재는 그래요. 특히 김인동과 곽진호의 아내들은 매일 독수공방이에요. 퇴근하면 바로 곯아떨어지니까요."

"권지현과 강연희가?"

둘은 이전 삶의 배우자들이다.

이곳에 왔을 때 이미 결혼한 상태라 인연을 다시 이을 수는 없었다.

그럼에도 둘의 사정은 매우 좋지 않았다.

하여 은밀한 도움을 주었고, 엘릭서를 베풀어 건강을 되찾게 해주었다.

그리고 둘의 남편으로 하여금 아주 단단한 직장을 갖게 해주었다.

그랬으면 행복하게 살아야 한다.

그런데 직장에서 남편을 빼앗은 모양새가 되었다.

"그럼 누구겠어요?"

"사람들, 참! 그냥 웬만큼만 하면 되는데…. 끄응!"

"한번 모이도록 할게요."

"그래야겠네. 적당한 날을 잡아. 억지로 하진 말고 다들 편한 시간으로. 커플로."

"네에."

대화하는 동안 워커힐 호텔에 당도하였다.

인경이 예약한 곳은 단 하나의 고객을 위한 빌라 '크리스탈' 이다.

특급호텔이 운영하는 최초의 레지던스 공간인데 얼마 전에 인테리어를 손봐서 새 집이나 마찬가지이다.

현수는 모든 상장사의 주인이다. 따라서 이곳 또한 소유하고 있다.

하여 기한을 정하지 않고 써도 된다. 그리고 별채라 프라이버시가 침해되지 않는다는 장점이 있다.

현수가 이곳의 주인이라는 사실은 아무도 모른다. 그러니 낼 건 내야 뒷말 나오지 않는다.

하여 카드를 꺼냈는데 집어넣으란다. 천지건설 법인카드로 이미 결제를 마쳤다고 한다.

뭐 나쁘지 않다.

천지건설 역시 현수의 소유이니 왼쪽 대신 오른쪽 주머니에서 꺼낸 셈이기 때문이다.

"여기 어때요?"

"뭐, 괜찮네."

깔끔하면서도 우아한 분위기인 인테리어이다.

웬만한 사람이라면 상당히 괜찮다는 느낌이었겠지만 현수가 누구인가!

온통 황금, 또는 다이아몬드로 장식된 방에서도 생활해보았다.

마인트 대륙의 흑마법사를 핵폭탄으로 쓸어버리고 나니 허허벌판이 되었다.

드워프들은 자신들이 재건하겠다며 의욕적으로 덤벼들었다. 그래서 다시 지은 궁전이 있다.

마인트 대륙의 첫째 황후 이름을 따서 싸미라궁이라 명명된 것이다.

참고로, 싸미라는 인도의 여배우 아이쉬와라 라이가 가장 아름다울 때의 모습과 흡사하다.

1994년 미스월드 1위였다. 하여 사람들은 '맥마흔의 요정' 이라 불렀는데 나중엔 '꽃의 여신' 이란 애칭도 갖게 되었다.

아무튼 이 궁전에 사용된 황금만 대략 100톤이다.

침실 천장의 하늘의 별자리를 흉내 낸 인테리어에는 3캐럿 이상인 다이아몬드 수천 개가 사용되었다.

가구와 침대 등 각종 가구와 집기들 모두 드워프가 수작업으로 제작하였는데 여기에 쓰인 에메랄드, 사파이어, 루비 등은 1톤 트럭 적재함을 가득 채울 정도였다.

창(窓)에 걸려 하늘거리는 커튼은 페어리의 금발을 엮어 만든 것이고, 바닥 양탄자는 미노타우르스의 갈기와 켄타우로스의 꼬리털을 꼬아 제작한 것이었다.

탁자 위의 잉크병은 드래곤의 비늘로 만들었으며, 펜은 그리폰의 깃털을 뽑아 만든 것이다. 호화의 극치였다.

현수가 이런 곳에서 생활한 기간만 1,000년이 넘는다. 따라서 이 정도로는 별다른 감흥조차 느끼게 하지 못한다.

어쨌거나 빌라 '크리스탈'은 비즈니스를 위한 장기 투숙객용이다. 하여 업무를 위한 각종 편의시설과 접견 및 회의공간이 별도로 마련되어 있었다.

빌라 내부를 모두 둘러본 현수는 잠시 창밖 한강 풍경에 시선을 주었다. 도도한 물줄기는 세상과 관련 없다는 듯 햇빛에 반짝이며 평화롭게 흐른다.

그러다 창에 비친 탁자 위를 보게 되었다. 거기엔 웰컴 드링크와 각종 빵이 라탄 바구니에 담겨 있다.

'도로시!'

'네, 폐하!'

'한국 빵값이 엄청 비싸다며?'

'네! 세계 1위예요. 인상률도 세계 1위구요.'

도로시의 말은 사실이다.

다음은 영국의 경제분석기관인 EIU에서 조사한 글로벌 주요 도시 빵 1kg의 값이다.

덴마크 코펜하겐	4.21달러
이스라엘 텔아비브	5.09달러
일본 오사카	5.20달러
미국 뉴욕	8.33달러
대한민국 서울	15.59달러

보다시피 서울은 물가 비싸기로 이름난 오사카의 3배이다. 비싸도 너무 압도적으로 비싸다.

다음은 주요 도시의 지난 10년간 빵값 상승률이다.

파리	-22.57%
오사카	-7.64%
제네바	+3.41%
싱가포르	+17.24%
뉴욕	+9.46%
서울	+91.05%

파리와 오사카는 오히려 빵값이 내렸다.

그럼에도 서울만 하늘 높은 줄 모르고 고공행진이다.

빵을 만들 때 금가루라도 섞었거나, 가열할 때 1만 원짜리 지폐를 태워서 만들기라도 한 모양이다.

'무슨 이유로 그렇게 된 거지?'

'일단 원료인 밀가루와 설탕 값이 인상되었어요.'

'프랑스나 일본에선 빵을 만들 때 밀가루와 설탕이 아닌 뭐 다른 걸로 만들어?'

'그건….'

도로시도 요 대목에선 할 말을 잃은 듯 머뭇거린다.

'대체 무슨 이유로 이렇게 비싸게 팔아?'

'가장 큰 이유는 일부 사업자의 일탈행위 때문이에요.'

'사업자의 일탈행위?'

'아무 역할도 없는 회사를 중간 거래 과정에 끼워 넣어 통행세를 걷게 했어요.

'그러니까 사주의 자녀 등의 이름으로 회사를 만든 후 의무적으로 거치게 하면서 현금을 떨구게 했다?'

'정확해요.'

'그래서 결과적으로 소비자 가격이 높아졌다는 거지?'

'네! 원재료들을 일부러 비싸게 매입했으니까요.'

'그래서 그 피해를 고스란히 소비자들이 입었고?'

'정답이세요.'

'죽일 놈들이네.'

'동의해요.'

'그 회사도 이제 우리 거 된 거지?'

'물론이에요.'

'그럼 중간 과정 싹 다 없애고, 그 일에 관련된 자들은 전부 해고해. 그리고 사주 일가 싹 다 지워버려. 4촌까지.'

개인의 이득을 위해 전 국민의 주머니를 턴 죗값이다.

'알겠어요.'

'그리고 부당하게 취한 이득을 돌려주는 차원에서 빵값을 인하하라고 지시해.'

'어느 정도로요?'

'소보로, 앙금빵, 단팥빵, 크림빵은 500원, 식빵은 크기에 따라 600원에서 800원, 맘모스빵은 1,000원에 팔아!'

'나머지는요?'

'파운드 케익과 롤 케익은 2,000원, 케이크는 크기에 따라 3,000~8,000원에 팔아. 나머지는 이에 준해서 하고.'

'우와! 이건 완전 옛날 가격이네요.'

'그래, 그동안의 성원이 고마워서 30년 전 가격에 팝니다. 뭐 이런 슬로건을 내걸어.'

'그거 괜찮겠네요. 근데 기간은요?'

'별도의 명이 있을 때까지 계속!'

'그럼…, 아, 아니에요.'

'왜? 손해 볼까 봐?'

'아니에요. 밀가루와 설탕을 직접 생산하고, 중간유통을 싹 다 제거하면 충분히 가능해요.'

'창고는 아공간을 쓰고, 물류는 눈에 안 보이게 포탈 마법진을 써. 창고지기는 일꾼 로봇을 배치하고.'

생산설비를 100% 자동화하고. 보관비용과 물류비용이 대폭 줄어들면 손해 보는 가격이 아니다.

오히려 많이 남는다.

다만 창고 안에서 상품이 무한정 나온다는 걸 알면 틀림없이 말들이 많을 테니 아무도 못 들어가게 하라는 뜻이다.

'그럴게요.'

'당분간은 손해가 발생해도 지시대로 해. 그동안 엄청 벌어서 사세를 확장했을 텐데 그거 다 뱉어낼 때까지.'

거의 모든 주식을 가진 주주가 알아서 손해 보겠다는데 누가 말리겠는가!

그러니 소비자들을 호구로 보고 계속 덤터기 씌웠던 거 다 토할 때까지 계속하라는 뜻이다.

'알겠어요.'

'그간 빵값 가지고 장난한 것들은 다 재산 몰수하고, 데스봇 레벨 5로 투여해.'

선량한 국민들 주머니를 허락 없이 털어간 강도나 도둑 같은 놈들에게 내리는 합당한 처벌이다.

'지시대로 할게요.'

'제과업도 마찬가지야. 과잣값 전부 인하해.'

'그건 어느 정도로요?'

'그것도 30년 전 가격으로!'

'……!'

자료를 뒤지는지 대꾸가 없다.

30년 전이면 1987년이다.

인터넷이 크게 활성화되지 않던 시절인지라 데이터베이스가 시원치 않은 모양이다.

'그냥 브라보콘 200원, 누가바 100원 정도로 인하해. 다른 건 이를 기준으로 하고.'

'과자라면서요.'

'그래! 맛동산 300원을 기준으로 나머지 가격을 정해.'

'90g짜리요?'

'아니, 300g짜리는 300원, 90g짜리는 100원.'

'애들이 엄청 좋아하겠네요.'

'그러겠지. 근데 애들 이빨 많이 썩겠네. 안 되겠다. 그거 첨가한 제품군도 추가로 출시토록 해.'

'그거요? 아! 제로 슈가 말씀하시는 거죠?'

연쇄상구균의 일종인 뮤탄스(Streptococcus mutans)는 충치균이다. 입 안의 당 성분을 먹어 덱스트란(dextran)이라는 물질을 생성시킨다.

이 때문에 치아 표면이 끈적이기 시작하고, 여기에 각종 세균이 들러붙으면서 치태와 치석이 된다.

제로 슈가는 이런 기작(機作)의 발생을 극도로 억제한다.

뿐만 아니라 설탕이 흡수되더라도 체내 혈당을 적절히 조절한다.

당뇨 예방에 아주 중요한 물질인 것이다.

단맛을 내기는 하는데 인체에 무해하고, 제조비용도 아주 저렴하여 원가에 큰 영향을 끼치지 못한다.

그리고 사용되는 양도 아주 적다.

예를 들어 아이스크림 100kg을 만들 때 제로 슈가 10g만 넣으면 된다. 1kg 당 0.1g 정도이니 미량이라 하겠다.

어쨌거나 제로 슈가는 설탕, 물엿, 포도당, 과당, 아이스당, 이성화당, 저감미당, 사카린 등 각종 당 성분을 아무리 많이 먹어도 적정량을 먹은 것 같이 만든다.

천연 다이어트제인 쉐리엔의 주요성분 중 혈당 조절성분만 화학적으로 합성한 것이라 이런 효과를 내는 것이다.

그래서 과자를 아무리 많이 먹어도 배는 부르지만 살은 찌지 않게 된다. 아이스크림을 삽으로 퍼먹어도 뒤룩뒤룩한 몸이 되지 않는 것이다.

그래서 당뇨뿐만 아니라 지방간, 고지혈증, 동맥경화 등 각종 성인병이 예방되는 효과가 있다.

'그래야 하지 않겠어? 한동안은 과소비가 이루어질 테니.'

한 봉지에 3,000원 넘던 과자가 300원으로 인하되면 얼마나 많이 사재기를 하겠는가!

아마 믿기 힘들 것이다.

1977년 초의 당구 게임비는 10분에 250원가량이다. 그러다 부가가치세가 시행되자 10분에 60~80원으로 인하되었다.

하루 만에 3분의 1 가격으로 뚝 떨어진 것이다.

그러자 당구장마다 사람들이 넘쳐났다. 6시간을 놀아도 2,160~2,880원만 있으면 되기 때문이다.

아마 이때가 당구장에 사람이 제일 많던 시절일 것이다.

어쨌거나 갑자기 싸지면 사재기 열풍이 분다. 계속 같은 값이 유지될 것이라고 믿지 않기 때문이다.

'사재기를 차단할 방법을 강구해야겠군요.'

'그거야 1인당 구매 수량을 정해주면 되지.'

'알겠어요. 지시대로 할게요. 사람들이 좋아하겠네요.'

비싸서 먹지 못하던 빵과 과자, 아이스크림 등의 가격이 대폭 인하되는 걸 싫어할 사람은 많지 않을 것이다.

'아! 까먹고 말 안 한 게 있다.'

'뭔데요?'

'선거철에 근거 없는 사실을 조작해 상대편을 중상모략하거나 그 내부를 교란시키는 흑색선전을 마타도어라고 하지?'

'네! 스페인어 메타도르(matador)에서 유래된 말이지요.'

투우에서 마지막에 소의 정수리를 찔러 죽이는 투우사를 뜻하는 말이기도 하다.

'그거 만든 놈들 어떻게 되었어?'

참고로, 마타도어를 조성한 인물들 거의 전부 문과 출신이다. 좋은 대가리를 또 나쁜 짓에 쓴 것이다.

고려의 무신(武臣)들이 문신(文臣)들을 싸그리 죽이고, 몰아낸 것이 충분히 이해되는 대목이다.

'어떻게 되긴요. 이미 싹 다 지옥을 경험했지요.'

죽지도 못하는 상태에서 지독한 고통을 겪다가 뒈졌다는 뜻이다. 목적을 위해서라면 수단과 방법을 가리지 않던 놈들의 최후로 아주 적합했다.

'그래? 깜박 잊고 있었는데 다행이네.'

'에이, 제가 누군데요. 척하면 척 아닙니까. 그 정도는 알아서 잘 해요.'

'그래, 수고했어. 근데 각종 체육단체는 어떻게 되었어?'

'양궁협회 빼고 싹 다 갈아엎는 중이에요. 공금횡령 및 유용을 한 자와 학연, 지연, 혈연을 앞세워 부당한 행정이나 압력을 가했던 자들 전부 지옥으로 갔어요.'

'어? 벌써 갔어? 이미 다 죽었다고?'

'아뇨! 지금 지옥을 경험하고 있는 중이라구요.'

'사리사욕 채우느라 본연의 임무를 제대로 안 한 거지?'

'그럼요! 조사해보니까 다 나오더라구요. 그래서 싹 다 지옥으로 보낸 거예요.'

'그놈들 쉽게 죽으면 안 돼.'

'당근이에요. 죽고 싶어도 그럴 수 없게 하고 있으니 걱정 마세요. 죽으면 영혼이 말살되니 그전에 죄의 대가를 톡톡히 치르도록 할게요.'

'그래. 놈들이 빼돌린 돈이나 뇌물로 받아 처먹은 건?'

'그에 대한 이자까지 톡톡히 계산해서 몰수했어요.'

'페어플레이를 강조하는 체육계이니 진짜로 공정하고 깨끗한 경기가 되는 환경을 소성해줘.'

'그러려구요. 그래서 아마추어를 비롯한 모든 프로 경기의 오심 및 편파판정도 확인하고 있어요.'

'언제부터?'

'KBS가 정식 방송을 시작한 1962년 1월 15일을 기준으로 그 이후의 모든 신문과 방송자료를 몽땅 뒤지고 있어요.'

예전에 저지른 짓도 결코 용서하지 않겠다는 뜻이다. 하긴 이실리프 제국엔 공소시효라는 것이 없다.

누구든 죄를 저지르면 세월이 얼마가 지나든 반드시 처벌하는 것을 원칙으로 삼았으니 당연한 일이다.

'그래? 어떻게 해야 하는지 알지?'

'그럼요. 이참에 심성 나쁜 것들까지 싹 다 지워버리면 어떨까 싶어요.'

과거를 알면 현재를 보다 확실히 판단할 수 있다.

'좋은 생각이네. 지도자 자격이 없음에도 그 자리를 차지하고 앉아 부정을 저지르는 놈이 있으면 그것들도 지워.'

'초등학교부터요?'

'아니, 유치원부터.'

은유적인 표현으로 전체를 다 훑어보라는 뜻이다.

'종목은요?'

'당연히 전부지! 양궁협회만 빼고 싸그리 다 뒤져.'

'양궁만 면죄부를 받은 거네요. 알겠어요.'

'잘 했으면 그에 합당한 대우를 해줘야지.'

'합당하신 처사세요.'

드디어 체육계에도 정정당당이라는 정신이 깃들 모양이다.

'악의적 편파판정으로 물의를 일으킨 심판들에게 모두 데스봇 레벨 6를 투입해.'

온몸이 불에 타는 듯한 인간이 느끼는 가장 강력한 고통을 하루에 2번, 각각 30분 정도 느끼는 것이다.

언제 시작될지 알 수 없고, 이 세상 어떤 진통제라 할지라도 절대로 경감시키지 못한다.

이렇게 되면 당연히 심판을 맡을 수 없다.

Chapter 05

양반들이 하던 일

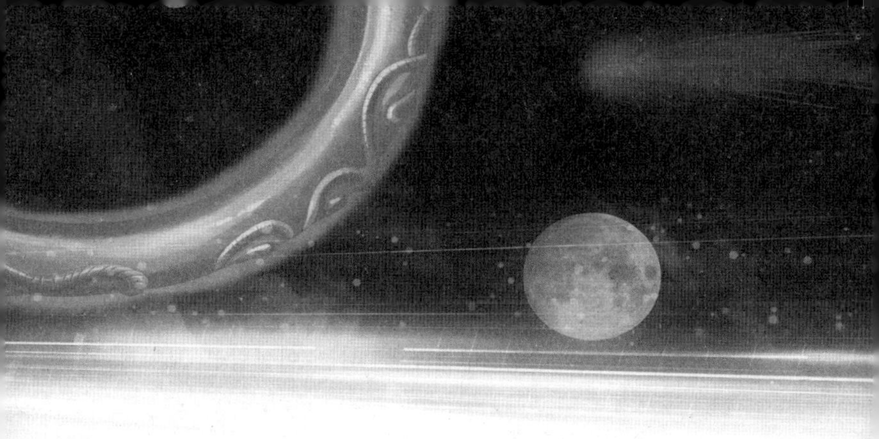

경기 중 쓰러져 부들부들 떨면서 소변이나 대변을 지리고, 목청 터져라 비명 지르는 모습을 어찌 보여주겠는가!

따라서 걸리면 그 즉시 퇴출이고, 영구히 복귀하지 못한다. 그리고 어떤 뇌물을 받아 편파판성을 해주었는지 소사하여 반드시 그에 합당한 금액을 몰수한다.

뇌물 받은 시기 이후에 발생될 이자 포함이며, 복리이다.

만일 뇌물 없이 못된 심사로 그랬다면 팔다리 인대를 모조리 제거한다.

기어 다니는 것조차 허용되지 않는 것이다.

'전에 말씀하셨던 건데 해외 심판도 그렇게 해요?'

'그것들은 그냥 뇌사상태로 만들어.'

지켜 서서 보다가 죽지 않도록 조치를 취할 인력이 없다. 가족들이 안락사를 선택할 수 있겠지만 그건 할 수 없다.

'일본 자민당 애들처럼 말이죠? 알겠어요.'

분명 뇌사상태인데 부들부들 떠는 이상함을 보이게 된다.

영혼에 가해지는 어마어마한 고통 때문이라는 것을 의사들은 전혀 짐작도 못할 것이다.

월드컵이나 올림픽 같은 국제 스포츠 경기는 당연히 시청자가 많다. 그런데 어느 한쪽 국민들을 분노의 도가니에 빠뜨렸으면 당연히 그에 합당한 처벌을 받아 마땅하다.

'현재 거의 모든 스포츠 단체를 기업들이 맡고 있지?'

어느 종목이든 기업 총수가 수장을 맡으면 재정적으로 후원을 받을 수 있다.

하여 단체장으로 기업인을 선호하는 경향이 높다.

재벌 총수 역시 스포츠 지원을 통해 기업 이미지를 제고하고, 개인적인 명예도 얻을 수 있으니 1석2조이다.

'그랬지요.'

'그럼 모든 스포츠 단체를 Y—그룹에서 맡는 걸로 바꿔.'

'에? 전부 정부에서 맡도록 하신다면서요.'

'그래, 체제가 안정되면 당연히 그래야지. 하지만 지금은 거의 과도기 상태잖아.'

'뭐, 그렇긴 해요.'

국회의원 수는 300명에서 53명으로 줄었고, 정당 설립은 범죄행위가 되었다. 이번에 뽑힌 대통령은 이전의 썩어빠진 정치인들과는 결이 다른 사람이다.

그의 휘하에 있는 각부 장관들 대부분도 예전과는 사뭇 다르다. 선거에 공을 세웠다는 이유가 아니라 전문성과 능력을 보고 적재적소에 배치하고 있다.

공직에 상당히 많은 결원이 생겨 그 자리를 채우고, 업무를 익히느라 아직은 스포츠까지 관여할 상황이 아니다.

국정에 직접적으로 연관되어 있지도 않으니 아직은 관심이 적기도 하다.

'어느 정도 자리가 잡히기 전까지 맡아서 체질 개선을 시켜야 할 필요가 있지 않겠어? 그래야 다음이 쉽잖아.'

한번 틀을 잡아놓았는데 이를 깨부수려면 합당한 이유가 있어야 한다. 이번 개혁은 적폐청산이 목적이다.

그러니 각종 내부규정을 뜯어고칠 명분이 있다. 더 이상 억울한 일이 발생되지 않도록 하는 것이 1차 목표이다.

공정한 경기가 되게 하고, 합리적으로 대표선수를 선발하겠다는데 누가 감히 딴지를 걸겠는가!

'전부요?'

'아니! 양궁협회는 빼라니까. 거긴 잘한다며.'

'네, 그건 그렇지요. 그리고요?'

'일단 각 단체의 고인물 전부 퇴출시켜.'

협회 고위직으로 똬리를 틀고 앉아 권력과 재물을 탐하던 쓰레기들을 걷어내라는 뜻이다.

'당연하신 말씀이세요.'

'물의를 일으켰거나 미래에 일으킬 인사들 또한 배제해.'

과거의 잘못에 대한 처벌로 직장을 빼앗고, 미래에 발생될 악행을 미리 잘라내라는 뜻이다.

'처벌 수위는요?'

'당연히 영구 제명이지. 다시는 발붙이지 못하도록 해.'

'개인교습조차 못하게 하면 되나요?'

'응! 그렇게 해. 그 종목에 어떠한 영향력도 행사 못 하도록 철저히 차단시켜.'

'알겠어요.'

'아! 체육대학에 있는 교수나 강사 중에서도 문제 있는 것들은 싹 다 치우도록 해.'

'네! 알겠어요.'

'과거의 기사들을 샅샅이 뒤져보면 물의를 일으켰던 놈들에 대한 윤곽이 나올 거야. 그걸 기준으로 파다보면 고구마처럼 우르르 딸려 나올 건데 냉정하게 다 내쫓아.'

'그럴게요.'

'그리고 대표선수 선발을 할 때 학교폭력 이력이 있는 것들 모두 배제해. 인간성 글러먹은 것들도 빼고.'

'당연하신 말씀이세요.'

'다음으로 누가 봐도 공정하도록 대표선수 선발기준과 더불어 선발 과정까지 다 공개하도록 해.'

'양궁 같은 종목이야 딱 점수로 나오니 공정할 수 있지만 다른 것들은 다소 애매할 수도 있어요.'

'알아! 그거 판정은 도로시가 해.'

'에? 제가요?'

'그래! 국가를 대표하는 선수를 선발하는 건데 욕심 많고, 편파적인 것들이 관여해서야 쓰겠어?'

'그래도 전부는…. 종목이 너무 많아요.'

'그럼, 처음과 마지막만 맡아.'

'에? 처음은 뭔가요?'

'조금 전에 말했잖아. 학교폭력을 행사하는 등 인간성이 결여된 건 애초부터 선발대상에서 빼라고.'

'그럼 마지막은요?

'각 종목 전문가들로 하여금 2 내지 3배수로 뽑게 한 후 최종 낙점을 도로시가 하라고.'

현재의 실력도 중요하지만 장래성도 파악하라는 뜻이다.

'아! 네에.'

'좋아! 스포츠계는 그렇게 정화해.'

'어명대로 할게요.'

다시는 특정 스포츠 종목 협회의 비리 등 안 좋은 일로 방송 타는 일은 없을 것이다. 그리고 누군가 그런 일을 획책하면 곧바로 데스봇이 투여된다.

'군대 사병들 간의 갈굼과 구타 등도 상당하지?'

'전보다 많이 나아지긴 했지만 아주 없지는 않죠.'

'그런 것들 그냥 놔두면 안 되겠지.'

'당연하세요. 어떤 처벌을 가하시려구요?'

'일단 후임을 괴롭혀서 자살하게 하는 사건을 조사해봐.'

'언제 걸로요?'

'현재를 기준으로 미래에 발생할 자살 사건 전부.'

'에? 미래까지요? 그래서요?'

'그렇게 만드는 것들을 그냥 놔두면 애꿎은 희생자가 발생하는 거니까 선제적으로 처벌해야지.'

'어떻게 할까요?'

'일단 데스봇 레벨 2로 시작해.'

심한 감기몸살에 걸린 듯한 근육통과 더불어 지속적인 근감소로 인해 5년 후엔 일어설 수조차 없게 된다.

복무하는 동안엔 근육이 몹시 뻐근하여 움직이는 것이 매우 고통스럽지만 의병 전역 대상은 아니다.

겉보기에 아무런 외상(外傷)이 없고, 전혀 못 움직일 정도가 아니므로 꾀병으로 진단되기 때문이다.

'일단이요?'

'그래, 전역하면 바로 레벨 3으로 올려.'

손가락 또는 발가락이 잘린 듯한 통증을 하루에 30분간 느끼게 된다.

고통이 시작되는 부위와 시각은 무작위이다.

이 세상 어떤 진통제로도 고통은 경감되지 않는다.

'기간은요?'

'평생! 누군가를 죽음에 이를 정도로 괴롭혔다면 본인 또한 그만한 대가를 치러야 하지 않겠어?'

'오! 그건 그렇네요.'

'쉽게 죽지 못하도록 자주자주 들여다봐.'

아주 오랫동안 고통을 겪게 하라는 뜻이다. 인간성 틀려먹은 것들에겐 이런 대접이 너무도 당연하다.

'알겠어요.'

'그나저나 도로시는 한국이 좀 이상한 국가라는 거 알아?'

'네? 그게 무슨 말씀이신지요?'

'한국은 말이지….'

현수의 말이 잠시 이어졌다.

대한민국은 분명 선진국 반열에 올라섰다. 수출규모, GDP, 전력생산량 및 소비량 등을 보면 확실하다.

그런데 자살율, 사회갈등지수, 삶의 질, 출산율 등을 보면 한숨이 절로 나온다.

살기 힘든 후진국도 이 정도는 아니다. 하여 헬조선, 불반도, 7포 세대 같은 용어가 만들어졌다.

오죽하면 본인이 사는 나라에 '헬(hell)' 이라는 접두사를 붙였고, 얼마나 치열하였기에 '불' 이라는 매우 강렬한 표현을 붙였겠는가!

게다가 7포 세대는 연애, 결혼, 출산, 집, 취미, 인간관계, 희망을 포기한다는 뜻이다.

이 정도면 태어났으니 그냥 살기는 하겠지만 아무것도 않겠다는 것이나 다름없다.

그런데 자의로 안 하는 것이 아니라 사회 여건이 못 하도록 한다는 것이 문제이다.

대체 무엇 때문에 짝을 이뤄 화목한 가정을 이루고, 후손 보는 일까지 포기해야 하는가!

아울러 출산율은 왜 이렇게 낮은가!

복잡한 사회현상이니 여러 이유가 있겠지만 그것들의 근본은 '지나치게 경쟁을 요구' 한다는 것이다.

한번 실패하면 그냥 끝이고, 다시는 기회를 주지 않는 너무나 냉혹한 사회이다.

어쩌다 실수하여 바닥으로 떨어지면 그냥 그 아래에 처박힌 채 꿈틀거리며 살아야 한다. 끝없는 착취와 홀대(忽待)를 감수하는 삶이 되어버리는 것이다.

그런데 그런 사람들을 전혀 존중해주지 않는다.

어떻게 하면 더 적은 돈을 주고 부려먹을까 고심한다. 종 부리듯 하고 싶은 것이다. 그리고 반발하면 바로 해고한다.

소위 1류 대학이라는 곳의 청소, 경비노동자들이 당하고 있는 것이 이에 대한 방증이다.

있어야 할 휴게실이 없어 한겨울에도 화장실에서 다 식은 밥을 먹어야 한다는 게 말이 되는 일인가!

게다가 땀 흘려 일한 뒤 씻을 곳조차 마땅치 않다. 샤워실이 없는 것이다.

미래를 짊어질 동량을 키워낸다는 캠퍼스가 청소 및 경비노동자들에게 인간 이하의 대접을 하고 있는 것이다.

게다가 임금은 또 왜 그렇게 낮은지!

대학은 직접 고용한 것이 아니라 용역을 준 것이므로 아무 책임 없다고 나 몰라라 한다.

이에 불만을 느껴 집회를 하면 학생들은 수업권을 침해받았다며 고소한다.

한마디로 '너희가 아무리 부당한 대우를 받고 있더라도 마땅히 그런 일을 해야 하는 사람들이니 아가리 닥치고 일이나 하라.' 는 소리였다.

이 대학에 입학하려면 적어도 반 1등 정도는 여러 번 경험해봤을 만큼 공부를 잘했어야 한다.

그런데 인간성은 완전 바닥권인 모양이다. 공부 잘하는 것과 좋은 인간성은 상관관계가 없다는 뜻이다.

어쨌거나 사회는 가난한 이들을 마치 징그러운 벌레라도 된다는 듯 무시하고 홀대한다.

전형적인 약육강식인 세상이 된 것이다. 이는 기득권 및 기성세대들이 만든 개 같은 세상이다.

오로지 자신들의 권력과 이익을 위해 미풍양속(美風良俗)이 있던 국가를 흡혈 마귀의 국가로 만들었다.

누구라도 허점을 보이면 바로 달려들어 목덜미의 피를 빠는 것이나 다름없을 정도로 냉혹한 세상이 된 것이다.

'남의 불행은 나의 행복' 이라는 말이 이를 극명하게 표현하는 것이다.

뉴스를 보면 잘 나가는 사람을 끌어내리지 못해 안달인 것들이 보인다.

누군가 사회적 성공을 거둬 스포트라이트를 받으면 수십 년 전의 일까지 들고 나와 비난하는 것이 그중 일부이다.

물론 과거에 악행을 저질렀다면 당연히 비난받아야 한다. 그런데 근거 없이 문제만 제기하는 것이 문제이다.

누군가 성공하면 배가 아파서 없던 일을 꾸며내거나, 침소봉대하여 화제의 대상이 되도록 일을 꾸민다.

완전 못된 심보를 가진 것이다.

다행히도 에이프릴 증후군이 이들을 세상에서 지웠다. 억울하게 당한 사람이 있다면 해원(解冤)[10] 되었을 것이다.

문제는 아직 사회가 모른다는 것이다.

10) 해원(解冤) : 원통한 마음을 풂

관성이 작용하여 예전처럼 힘없고, 선량한 사람들의 고혈을 빠는 관습이 그대로 이어지고 있는 것이다.

'그러니까 잘못된 사회제도를 모조리 뜯어고치게 하라는 말씀이시죠?'

'그래야 하지 않겠어?'

'대단히 혁명적이겠네요.'

잘못된 것이 너무 많다는 뜻일 게다.

그중 하나를 뽑으라면 너무 어려운 법률용어이다. 한자를 모르면 이해하기 어려운 어휘들로 가득 차 있다.

예를 들어, '결궤(決潰)하다'는 무너지게 하다, '사위(詐僞)'는 속임수, '사행성(射倖性)'은 이익을 얻고자 요행을 바라거나 노리는 것을 뜻하는 어휘이다.

학교에서 한자를 배웠더라도 직접 사전을 뒤져 확인하지 않으면 좀처럼 알기 어려운 뜻이다.

이런 것은 예전부터 이어져 오던 일이다.

조선시대의 양반들은 백성들이 글을 알게 되는 것을 필사적으로 저지하려 했다.

백성들이 똑똑해지는 것을 용납할 수 없어서이다.

그래서 세종대왕이 훈민정음을 반포하고자 했을 때 고리타분한 유학자들이 일제히 반대했던 것이다.

자신들이 뒷구멍에서 꾸미는 모든 음모와 더러운 일들을 백성들이 알게 되면 어찌 되겠는가!

백골징포(白骨徵布)[11] 나 황구첨정(黃口簽丁)[12] 같이 안면몰수하고 힘없는 백성들을 쥐어짜고 있었다.

그렇게 하면 더 많은 재물이 축적되기 때문이다.

그리고 돈이 급해진 백성들에게 고리로 돈을 빌려주어 많은 이자를 뜯어낼 수 있는 일이기도 했다.

이중으로 수탈했던 것이다. 백성들은 너무나 살기 힘들었을 것이다. 오죽하면 스스로 노비가 되겠다고 하겠는가!

노비는 결코 자유롭지 못했고, 사람 취급을 못 받았다.

가축과 동급이기에 값으로 매겨져 재산으로 취급되었다. 그리고 노비가 낳은 자식 또한 노비 신세를 면치 못했다.

피임이라는 것이 없던 시절인지라 노비의 자식이 많아지면 양반들은 나날이 부자가 되어 갔다.

그런데 백성들이 글을 알게 되면 그런 세상이 사라질 수도 있다고 생각하여 극렬히 반대했던 것이다.

이 대목에서 분명히 알고 넘어가야 할 것이 있다.

조선시대의 양반은 단 한 번도 백성들을 위한 정치를 펼친 적이 없다. 오로지 자신의 권력 유지와 재산 증식만을 위해 생각하고, 움직였을 뿐이다.

읽고 쓸 줄 안다는 한 가지 이유로 선한 백성들을 개같이

---

11) 백골징포(白骨徵布) : 죽은 사람까지 군적(軍籍)에 올려놓고 강제로 세금을 거둬들인 폐해

12) 황구첨정(黃口簽丁) : 생후 3일된 갓난아기까지 군적에 등록시켜 세포(稅布)·세미(稅米)를 강제로 징수한 일

부렸던 것이다.

오로지 양반들만 속할 수 있었던 당파 싸움을 보라!

나와 뜻을 달리하는 진영이 잘 나가는 꼴은 절대로 두고 보지 않았으니 속 좁음의 대표적인 예가 된다.

다시없을 소인배들이 바로 양반들이었던 것이다.

그들은 온갖 비리로 제 배를 채우는 와중에도 음모, 조작, 무고, 은폐, 날조, 누명 등으로 각종 사화(士禍)를 일으켰다.

그 때문에 많은 억울한 죽음이 있었음을 이제는 안다.

그래놓고는 마치 전장에 나아가 적의 수급이라도 베어 온 양 뽐내며 기생 엉덩이를 두들겼을 것이고, 등 따습고, 배부른 세월을 보냈을 것이다.

남을 죽여서라도 그저 저 하나만 잘되면 그만이라는 개 같은 생각을 가졌던 집단이 바로 양반이었던 것이다.

그러고 보니 이 시대의 정계와 법조계 등에서 이를 고스란히 물려받았던 모양이다.

그랬으니 그토록 많은 사건들을 은폐하고, 축소시켰으며, 온갖 것들을 날조하고, 조작했던 것이다.

음모는 또 얼마나 많이 꾸며냈으며, 그로 인해 얼마나 많은 사람들이 누명을 쓰고 억울해 했겠는가!

눈에 빤히 보이는 것도 없다고 우겼고, 누가 들어도 개소리였던 것을 아니라고 부인했다.

분명히 본인 입으로 내뱉은 말이고, 녹음이나 동영상 등 확연한 증거가 있음에도 그런 적 없다고 뻔대던 것들이 정계와 사법계 등에 널려 있었다.

참으로 뻔뻔스럽고, 가증스러우며, 얄밉고, 증오스러운 존재들이다.

그래서 정계와 법조계를 일컬어 '비리의 온상', 혹은 '후안무치의 극치'라고 했다.

외국어를 익힐 때 가장 먼저 욕을 배운다더니 정말 못된 것만 그대로 따라한 것이다.

조선의 백성들은 바보같이 너무나 착했다. 도끼나 낫을 들고 아주 강력히 저항했어야 하는데 그러지 않았다.

해주는 것 없이 수탈하고, 괴롭히기만 했으니 일제히 봉기하여 양반들의 두개골을 도끼로 찍어서 빠갰어야 했다.

신분제 철폐를 요구했던 프랑스 대혁명이 조선 초기에 일어났다면 임진왜란도 한일합방도 경험하지 않았을 것이다.

무능한 왕으로 인해 겪은 임진왜란은 훗날 조선을 식민지로 만들려고 하는 일본의 야욕에 자신감을 불어넣었다.

임진왜란 때는 이순신과 의병(義兵)이라는 변수를 계산에 넣지 못해 뜻을 이룰 수 없었다.

하지만 조선이 무방비 상태일 때 치면 소기의 성과를 이룰 수 있다는 교훈은 얻었을 것이다.

이게 어쩌면 1910년 한일합방을 성사시킬 수 있었던 결정적인 원동력이었을지도 모른다.

임진왜란의 직접적인 원인은 욕심 많은 도요토미 히데요시이지만 그에 못지않은 것이 당파싸움이다.

무고한 백성들이 수없이 죽거나 다친 전쟁의 주요 원인이 겨우 내부 다툼으로 인한 것이었던 것이다.

그리고 그 세력은 100% 양반으로 구성되어 있었다.

우악스럽게 주리를 틀고, 대가리를 터뜨려 죽여도 시원치 않을 것들이 세상을 지배하고 있었던 것이다.

21세기인 현대에도 글줄깨나 읽었다는 것들이 사회지도층을 자처하고 있었다.

이들 중 상당수는 조선의 양반과 하나도 다를 바 없는 우월주의에 빠진 쓰레기들이었다.

다행히도 현재는 대부분 뒈졌다.

현수가 소리 없는 혁명을 지시했고, 에이프릴 증후군이라는 모습으로 적폐를 강제로 청산시킨 것이다.

그냥 놔두었다면 천년이고 만년이고 지들이 주축인 세상으로 만늘었을 것이다. 그러곤 선량한 국민이 피땀 흘려 만든 성과를 가로챘을 것이다.

부의 재분배 같은 건 전혀 고려 대상이 아니다. 무조건 자기부터 챙겨야 한다.

그래서 발생한 것이 현재의 부익부 빈익빈 현상이다.

길고양이들에게 밥을 주면 그중 가장 센 놈이 먼저 먹는다. 그놈이 물러나야 서열 2위가 먹고, 다음이 3위 순서이다.

그러다 보면 가장 약한 놈은 센 놈들이 먹는 모습만 보게 될 뿐이다. 구경만 하고 못 먹는 것이다.

그러다 굶어죽은 녀석이 없다고 누가 단언하겠는가!

최저시급이라는 제도를 만들어놓지 않았다면 한국도 비슷했을 것이다.

그에 대한 방증이 '열정페이'이다. 대체 어느 놈 대가리에서 나온 건지 몰라도 매우 고약한 발상이다.

무급 또는 아주 적은 월급으로 청년들의 노동력을 착취하는 것에 열정이라는 허울 좋은 명칭을 붙여 미화한 것이다.

당연히 가장 먼저 없어져야 할 어휘이고, 행위이다.

어쨌거나 이제는 그럴 일 없다. 그런 걸 주장했던 자들 모두 산 채로 지옥을 경험하다 뒈졌기 때문이다.

이제 남은 사람들이 알아서 잘하면 된다.

하지만 적폐들이 쌓아놓은 사회악은 관습 또는 법률이라는 이름으로 그대로 남아 있다.

이를 모두 개선시키라는 것이 현수의 지시인 것이다.

'고쳐보도록 애쓸게요.'

'그래, 믿을게!'

'끄응—!'

도로시가 낮은 침음으로 대꾸한다. 기대에 부응하려면 얼마나 열심히 해야 할지 가늠되지 않아서이다.

이곳에 오기 전의 이실리프 제국은 정의와 양심, 그리고 긍

휼지심[13] 이 살아 있는 국가였다.

길바닥에 돈을 뿌려놔도 아무도 집어가지 않는다. 본인의 것이 아닌 걸 가져가면 처벌받는다는 것을 알기 때문이다.

그런 세월이 길어지다 보니 어느 누구도 공짜로 무언가를 얻으려 하지 않는다.

따라서 강도, 절도, 사기 같은 범죄가 전혀 없다.

특히 사기는 아무리 먹고 살기 힘든 지경에 처해 있어도 저지르지 말아야 할 범죄 1위이다.

차라리 살인을 저지르면 금방 죽을 수 있지만 사기는 정말 지겹도록 고통을 겪고도 끝내 무시무시한 아나콘다나 악어, 또는 코모도 도마뱀을 마주해야 한다.

죽는 순간까지 정신적 고통을 주려는 의도이다.

여성은 남성에게 의존하지 않고 주체적인 삶을 산다. 그래서 꽃뱀이나 성매매라는 단어 자체가 없다.

돈 몇 푼에 몸을 팔다 걸리면 어찌 되는지 너무도 잘 알기 때문이다. 남성보다 여성이 훨씬 더 잔악할 수 있다.

하여 여성 교도소는 비명이 끊이지 않는다. 나보다 젊고 예쁘면 무조건 시기와 질투의 대상이기 때문이다.

성매매로 수형 생활을 하게 되면 그야말로 만신창이가 되서야 출소한다. 다시는 어떤 사내도 거들떠보지 않을 정도로 흉측한 문신이 온몸을 뒤덮인 채로 나오기도 한다.

---

13) 긍휼지심(矜恤之心) : 불쌍히 여겨 도와주려는 마음

제국에선 무고(誣告)[14] 를 저질러 누군가를 곤란지경에 빠뜨리려는 시도 또한 없다. 사실이 발각되면 이루려던 목적의 10배 가까운 엄중한 처벌을 받기 때문이다.

참고로, 성폭행 형량은 징역 10년 이상이다.

따라서 특정 남성에게 강간 또는 성추행 당했다는 무고를 하게 되면 100년 이상 교도소에 갇히는 수가 있다.

부모 형제가 누구든, 본인의 사회적 지위가 어떻든 재판에 아무런 영향도 끼칠 수 없다.

제국엔 공평, 공정, 정의가 시퍼렇게 살아 있다.

현재의 대한민국을 이렇게 바꾸려면 얼마나 어렵겠는가!

일부 남성도 문제지만 여성들의 의식 또한 큰 문제이다. 하여 도로시가 낮은 침음을 낸 것이다.

'어렵고 힘들어도 할 건 해야지. 노력해봐.'

'네, 알겠어요. 면밀히 검토할게요.'

도로시와 대화를 마칠 즈음 조인경이 들어선다. 이 숙소에 대한 여러 지시를 내리느라 잠시 자리를 비웠던 것이다.

식사는 당연히 최상등급으로 넉넉해야 하고, 침구는 적어도 이틀에 한 번 교체, 청소는 별도의 요청이 있을 때만, 내방객은 모두 차단 등 여러 가지를 주문했다.

현수는 여전히 창가에 서서 도도히 흘러가는 한강을 바라보고 있었다.

14) 무고(誣告) : 사실이 아닌 일을 거짓으로 꾸미어 해당기관에 고소하거나 고발하는 일

그런데 뭉클한 느낌이다. 무언가가 등에 닿은 것이다. 뭔지 어찌 모르겠는가! 하여 몸을 돌리려는데 속삭인다.

"잠시만, 잠시만 이렇게 있어주세요."

"……!"

"저, 이제 자기 없으면 못 살아요."

시선이 마주치지 않으니 용기 내어 고백하는 모양이다.

현수는 대꾸하지 않았다. 문득 등 뒤가 축축해지는 느낌이 든 때문이다.

"저, 욕심 부리지 않고 잘할게요. 흐흑!"

인경은 현수를 보내놓고 심한 가슴앓이를 했다.

지윤을 비롯한 주변 미녀들이 결코 그냥 두지 않을 것이란 직감 때문이다.

너무도 잘난 사내인지라 이해는 된다. 현수의 마음을 얻으면 사는 세상이 달라지는 때문이다. 아마 최선을 다해 유혹했을 것이고, 그 결과는 아직 알지 못한다.

존경, 흠모, 부러움, 그리고 시기와 질투의 대상이 되기는 하겠지만 본인의 행복이 우선이다.

하여 모종의 불상사가 일어날 것으로 예측했다. 어찌 속이 타지 않겠는가! 선점했다 놓친 기분이다.

'이럴 줄 알았으면 내가 해외담당을 했어야 해.'

김지윤이 모스크바 데뷔탕트 때 화려하게 데뷔했다는 뉴스는 아무리 봐도 배가 아팠다. 본인이 따라갔으면 그 자리는 자신의 것이었을 것이다.

그럼에도 지윤이 밉지는 않다. 본인의 자리를 빼앗은 게 아니라 현수가 선택해준 것이기 때문이다.

Chapter 06

빼꾸기가 하는 짓

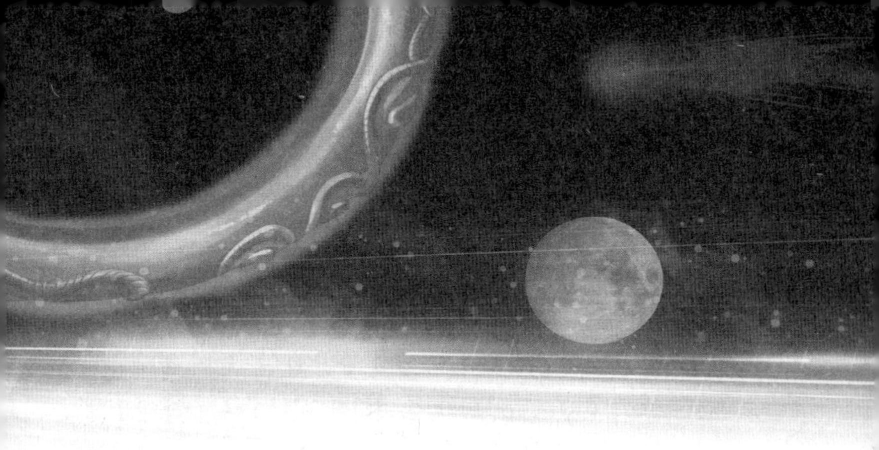

그러던 와중에 밀라와 올리비아, 그리고 이화와 아델리나가 차례로 등장했다.

다들 미스 유니버스 찜 쪄 먹을 몸매와 미모, 그리고 영특한 누뇌를 가졌다.

그리고 출신국의 전폭적인 지원을 받는다고 알고 있다.

게다가 밀라와 올리비아, 그리고 아델리나는 매우 육감적이기도 하다. 하여 아주 심한 위기감이 느껴졌다.

볼륨감이 한 수 위라는 걸 인정하지 않을 수 없는 때문이다. 그럴수록 치열하게 달려들어 원하는 바를 얻어야 한다.

그런데 할 수 있는 게 아무것도 없었다. 너무나 먼 곳에 있기 때문이다.

전화 통화라도 하고 싶지만 그랬다가 혹시라도 미운털이 박힐 수도 있다. 엄청난 거액이 걸린 대결을 하는 중이기 때문이다. 하여 극도로 자제하고 있었다.

그러다 드디어 귀국했다. 다행히 주변에 여인들이 없다.

지윤은 집으로 갔고, 밀라, 올리비아, 아델리나는 각자의 대사관으로 향했다.

그간의 성과를 보고하고, 각국에서 선발되는 인원을 어찌 구성해야 하는지를 알려야 하기 때문이다.

설이화만 낙동강 오리알처럼 뚝 떨어졌어야 한다.

주한 북한대사관이 없는 때문이다. 있었어도 이번 공관 폐쇄 때 사라졌을 것이다. 하여 지윤이 데리고 갔다.

본인이 사는 집을 구경하고 싶다하여 같이 간 것이다.

"흐흑! 흐흐흑!"

"왜 울어?"

"너무나 보고 싶었단 말이에요. 흐흑! 흐흐흑!"

현수는 천천히 몸을 돌려 부드럽게 보듬어주었다. 그러곤 흐트러진 머리카락을 정리해주며 속삭였다.

"이렇게 왔잖아. 나도 보고 싶었어."

쪽―!

이마에 닿은 현수의 입술이 화인(火印)처럼 뜨거워 저도 모르게 부르르 떨었다. 전율을 느낀 것이다.

그 순간 다리의 힘이 빠지면서 풀썩 주저앉으려 한다. 하지만 현수의 두 팔은 그러지 못하게 막았다.

떨고 있는 인경의 교구를 강하게 끌어당겨 가슴과 가슴이 맞닿고, 하체와 하체가 밀착되게 하였다.

"흐으음!"

현수의 단단한 가슴과 튼실한 허벅지, 그리고 그중간쯤에서 뭔가를 느낀 인경은 바르르 떤다.

단 한 번도 경험해보지 못했던 사내의 몸을 확실하게 느낀 것이다. 하여 나직한 신음을 토했다.

"아아…! 으읍~!"

현수의 입술을 받은 인경의 몸이 또 축 늘어진다. 갑자기 정신이 아득해지면서 온몸이 나른해진 때문이다.

덕분에 가슴과 가슴은 더욱 밀착되었다. 현수의 단단한 두 팔이 잘 잡고 있었던 결과이다.

잠시의 시간이 흐른 뒤 둘의 입술이 떨어졌다. 인경은 너무 부끄러워 고개를 들지 못하고 있었는데 두 볼이 붉다.

"이제 괜찮지?"

"…네에."

개미 기어가는 소리만큼 작았지만, 현수는 분명히 들었다.

"아무것도 불안해하지 말고 기다려."

"……!"

"내 여자가 가슴 아파하는 거 보고 싶지 않아."

"…네에, 믿을게요."

인경은 다시 현수의 품에 안겨 가늘게 떨었다.

내 여자라는 표현을 듣자 안도감과 더불어 가슴 벅찬 느낌이 들었던 것이다.

떨어져 있는 동안의 불안함을 모두 보상받은 느낌이고, 두 볼에서 화끈함이 느껴진다.

본인은 모르지만 아주 붉게 달아올라 있다. 너무나 귀여우면서도 섹시하다. 하여 저도 모르게 속삭인다.

"사랑해!"

"아아! 저도 사랑해요."

둘은 한참 동안 한 몸인 듯 붙어 있었다. 그리고 이를 방해하는 존재는 아무도 없다. 신일호 등이 빌라 주변을 완전하게 장악하고 있었으니 당연한 일이다.

*　　　　*　　　　*

"아이고, 어서 오시게. 수고하셨네."

"하하! 네에. 그간 잘 계셨죠?"

"아아, 그럼, 그럼! 다 자네 덕분일세."

현수를 맞이하는 천지건설 신형섭 사장의 얼굴엔 환한 미소가 어려 있다. 아주 반가운 손님이니 당연하다.

이전처럼 말을 놓기는 했으나 뭔가 불편한 느낌이다. 다음

달이면 한 나라의 왕이 될 사람이기 때문일 것이다.

"근데 이렇게 말을 놔도 될지…."

"그럼요. 아직 왕이 된 건 아니니까요."

지금은 괜찮지만 즉위한 후엔 그러면 안 된다는 뜻이 담겨 있음을 느낀 모양이다.

"그, 그런가…? 아! 하긴…."

생각해보니 다른 나라 국왕에게 반말을 한다는 건 말이 안 된다. 나이 차가 있다 하더라도 누군가 엘리자베스 2세 여왕에게 반말을 하면 영국인들이 어떻게 하겠는가!

자국 국왕에게 무례를 범했다면 결코 두고 보지 않을 것이다. 이에 신 사장은 이내 계면쩍은 표정을 짓는다.

"다음 달부터는 주의하겠네."

"하하! 네에."

고개를 끄덕여 동의할 때 악수했던 손을 놓자 요란한 소리가 터져 나온다.

짜짝짝짝짝짝짝짝짝짝짝짝짝―!

천지건설 사옥 로비에는 현수를 맞이하기 위해 거의 모든 임직원들이 내려와 있었다.

그러곤 손바닥이 터져라 박수치고 있다.

전무이사 비서실 과장 이수린은 목에 꽃다발을 걸어주었고, 이은정 과장은 손에 드는 꽃다발을 안겨준다.

올림픽에서 메달을 딴 선수가 귀국했을 때 하는 환영행사를 본 모양이다.

"축하드려요! 전무님."

"고생 많으셨어요. 다시 와주셔서 고맙습니다."

원래는 조인경 상무이사가 할 일이었지만 양보했다. 이수린과 이은정 과장도 현수를 기다렸기 때문이다.

둘 다 새해 연봉협상이 매우 만족스러웠다.

전무이사 비서실에만 주는 특혜라고 소문이 났지만 어느 누구도 이에 토 달지 않는다.

하인스 킴 덕분에 회사가 기사회생했을 뿐만 아니라 욱일승천의 기세로 좋아지고 있음을 알기 때문이다.

"이수린 과장도 애 많이 썼다고 들었어. 고마워!"

"고맙기는요. 당연히 해야 할 일을 한 것뿐인걸요."

"이은정 과장도 고생 많았지? 지금은 괜찮아?"

이은정은 이수린과 달리 Y-무역 대표이사 대리 전무이사직을 겸임하고 있었다.

주요 업무는 킨샤사에 설립된 Y-Pharmacy로 한국산 의약품을 수출하는 것이었다.

이를 위해 여러 제약사들을 돌아다니며 협상을 해야 했다.

그런데 너무 나이가 어려서 혹시라도 무시당할까 싶어 운전기사가 배정된 붉은색 벤틀리 벤테이가를 사주었다.

한국은 희한하게도 자동차로 사람의 사회적 신분을 가늠한다. 그래서 모든 사기꾼들이 비싼 차를 타고 다닌다.

아주 안 좋은 관행이다.

자본주의를 받아들인 것은 좋은데 이게 천민자본주의(賤民資本主義)로 발전해서 그러하다.

이것의 본래 뜻은 '생산 활동이 아닌 고리대금업과 같은 자본 운영으로 이윤을 추구하는 것' 이었다. 여기에 '하는 짓이 가관인 것' 이 추가되었다. 한국은 후자이다.

아무튼 한국은 좋은 게 들어오면 더 좋게 하는 것도 있지만 나쁜 쪽으로 발전시키는 특기라도 있는 모양이다.

그래서 그런지 허름한 츄리닝 차림이더라도 벤틀리에서 내리면 혹시 신상 명품을 걸친 건 아닐까 유심히 본다.

아무튼 제약사 임직원들은 은정을 얕잡아보지 않는다. 벤틀리가 엄청 비싼 차라는 걸 알기 때문이다.

게다가 자사 제품을 상당히 많이, 그리고 꾸준히 현금으로 구매해주겠다는데 어찌 홀대하겠는가!

게다가 계약상 갑(甲)사가 을(乙)사를 쥐어짜 원가 이하로 납품해달라는 요구를 하는 것도 아니다.

납품가를 제시하면 오히려 손해 보는 것 아니냐면서 가격을 올려주기도 했다. 대신 품질과 납기 준수를 요구하였다.

너무나 당연한 일이었는지라 협상은 순조롭게 진행되었다.

덕분에 킨샤사의 Y—Pharmacy는 필요한 의약품을 제 때에, 필요한 만큼 공급받고 있다.

그래서 대표이사 대리 전무이사로 겸직 중인 이춘만 천지건설 콩고민주공화국 지사장은 더 없이 바쁘다.

아무튼 이은정은 아침 일찍 나와 밤늦게 퇴근하는 나날을 보내고 있다. 천지건설 고유 업무도 있기 때문이다.

이은정은 무쇠팔, 무쇠다리가 아니다. 오히려 가냘픈 체격이다. 체력이 결코 좋을 수 없는 것이다.

그렇기에 괜찮냐고 물은 것이다.

"네, 지금은 괜찮아요."

처음엔 힘들었다는 뜻일 것이다.

"민주영 씨는 알지?"

"네! 대표님이 보내신 분으로 알고 있어요."

"그 친구는 은정 씨가 취급하는 업무 외의 일을 할 거야."

굴러온 돌이 박힌 돌을 밀어내는 일은 없을 것이라는 의미이다. 다시 말해 자리를 불안해하지 말라는 것이다.

"에고, 제 일을 조금 더 덜어주시면 좋은데…."

"오히려 당분간은 은정 씨가 도와줘야 할 거야. 그 친구는 무역학과가 아니라 수학과 졸업이거든."

"아! 그래서 용어집을 보고 계셨던 거네요."

무역 실무에서 사용되는 용어를 알지 못하면 안 되기에 공부를 하고 있었던 모양이다.

"당분간만 도와주면 그다음부터는 알아서 잘 할 거야."

"네에."

대화를 마친 현수가 한 발짝 물러서자 구경만 하던 사원들이 우르르 몰려든다.

"전무님! 한 말씀만 해주세요."

"네에, 신문이나 방송 말고 직접 듣고 싶어요."

누군가의 말인가 싶어 바라보니 안경을 쓴 아가씨이다.

'자재과 최현주 사원이에요.'

도로시의 귀띔이었다. 그러고 보니 본인도 아주 오래 전에 자재과에서 근무했었다.

'곽인만 대리는 잘 있어?'

당시의 사수였던 인물이다.

'네! 맡은 일을 성실히 수행하고 있어요.'

'최현주 사원 옆의 친구는 유민우 사원이지?'

현수가 승승장구하던 시절 후임으로 왔던 친구이다. 잘 따라서 이끌어주었으나 큰 실적을 내지는 못했다.

사원 시절에 결혼했는데 시작부터 반쯤 처가살이를 했다. 장인 장모가 거의 매일 불러들여 종 부리듯 했던 것이다.

그러다 아들을 낳았다. 얼마 지나지 않아 친자식이 아니라는 사실을 알게 되었다. 생긴 게 달라도 너무 달랐던 것이다.

유전자 검사 결과지를 놓고 추궁해보니 아내가 클럽에서 원나잇을 한 결과였다.

임신하자마자 유민우에게 책임지라고 뒤집어씌워 면사포를 쓰는데 성공했던 것이다.

곧바로 이혼한 유민우는 사직서를 내고 사라진다. 그리고 한참 지난 후에야 술 한 잔 사달라는 연락을 했다.

만나기로 한 장소에 나가보니 웬 중년인이 있었다.

그때 나이가 33살이었는데 아무리 낮게 봐도 40살은 넘은 듯 보였다.

상심이 너무 커서 급격히 노화해버린 것이다.

이혼 후 정처 없이 떠돌다 보니 돈이 다 떨어졌다.

하여 어디든 취직하려 했는데 겉모습만 보고 늙었다고 써주는 곳이 없었다면서 하소연을 했다.

이에 현수는 콩고민주공화국 천지약품에 자리를 마련해주었다. 이춘만 지사장 직속으로 보낸 것이다.

유민우는 그곳에서 자리를 잡았고, 몇 년 후엔 다른 인연을 만나 새 출발을 하였다.

다음부터는 비교적 평탄한 삶을 살았다.

아들과 딸을 각각 하나씩 낳았고, 건강히 살다가 아흔다섯 살이 되어서 세상과 하직했다. 무병장수한 셈이다.

하긴 현수가 눈여겨보고 있었으니 잘못되고 싶어도 그럴 수 없었을 것이다.

아무튼 그런 유민우를 오랜만에 보니 반갑다.

하지만 아는 척을 할 수는 없다. 여기선 한 번도 만나지 못한 사이이기 때문이다.

'유민우 사원 여자 친구가 있나 확인해봐.'

'있어요. 23세 백조, 주민영과 사귀고 있네요. 근데 되게

오글거리는 만남이에요. 둘의 카톡 대화를 보여드릴까요?'

'아니! 그런 건 절대로 보고 싶지 않아.'

오글거린다는 표현에서 이미 모든 것이 짐작된다.

'이걸 보니 주민영은 밀당의 천재 같아요. 이 정도면 안 홀릴 사내 없을 것 같네요.'

유민우가 암컷 거미가 쳐놓은 거미줄에 걸려 버둥거리는 모습이 상상되었다. 매우 불쌍한 느낌이다.

'근데 왜 백조야?'

'지방 대학 2년 중퇴하고 난 이후 쭉 놀았어요.'

'중퇴 이유는?'

'공부하고 담을 쌓았네요. 성적이 형편없어요. 1학년 2학기와 2학년 1학기에 쌍권총을 각각 두 개씩 찼어요.'

'쌍권총? 아! F학점 두 개 맞았다고?'

'아뇨! 쌍권총이 2개이니 F가 넷이라고요.'

'공부는 안 하고 딴짓만 하고 돌아다닌 모양이군.'

'제 생각도 그래요.'

'유민우가 사람 잘못 골랐군.'

'얼굴은 곱상해요.'

'그렇겠지. 쯧쯧!'

현수는 나직이 혀를 찼다. 겉모습만 보고 홀렸다는 것이 충분히 짐작된 때문이다.

'그나저나 그 여자 부모는 어때?'

'주민영의 아빠 주현중은 평택에서 전당포를 해요. 엄마 이현숙은 집 뒤 야산을 일궈 텃밭으로 사용 중이구요'

'야산을 일궈?'

'네, 국유지에요.'

'흐음! 텃밭이라….'

아주 오래전이지만 들었던 기억이 있다. 월요일만 되면 파김치가 되어 출근했는데 그 텃밭인 모양이다.

씨 뿌리거나 심고, 돌 골라내고, 물주고, 뽑고, 다듬는 일을 무한 반복시켰던 것이다.

겨울엔 갈아엎는 일까지 시켰는데 경운기나 트랙터가 없어서 일일이 곡괭이와 삽으로 그랬다고 한다.

'그거 얼마나 넓은데?'

'500평에서 조금 빠져요.'

도시 총각인 유민우가 감당하기엔 지나치게 넓다. 땀을 뻘뻘 흘리면서 삽질하는 모습이 상상된다.

'그거 국유지 농지임대 신청은 하고 하는 거야?'

'아뇨! 무단 사용 중이에요.'

'그럼 일단 신고부터 박아.'

국유지 농지임대 비용은 공시지가의 100분에 1에 불과하다. 그런데 그것도 안 내고 무단으로 이용하는 꼴을 어찌 두고 보겠는가!

'신고 항목은요?'

'당연히 무단 사용이지. 그리고 임야 개간 허가를 받았는지 확인해서 안 했으면 그것도 고발해.'

'알겠어요.'

'원칙적으로 농지임대는 공개입찰을 하는 거지?'

'맞아요.'

'그럼 농업법인 하나 만들어서 입찰해.'

'에? 거기서 무슨 농사를 지으려구요?'

'아무거나 하면 되겠지. 그 동네 형편 어려운 사람 고용해서 농사짓게 해.'

'에구, 배보다 배꼽이 더 크겠어요.'

농사로 얻는 수익보다 지출되는 월급이 더 많을 것이라는 뜻이다.

'자선사업도 하는데 뭐.'

이현숙이 텃밭을 못 가꾸게 하는 것이 목적이다.

'하긴요. 알겠어요. 그렇게 할게요.'

'그 부모의 특이 사항은 없어?'

'없긴요. 아빠가 부사관 재직 중 유류고 기름을 빼돌려 팔다 적발되어 불명예제대를 했네요.'

'도둑놈이었다는 소리네.'

'그렇죠! 그리고 주민영은 3명과 동시에 교제 중이에요.'

'뭐? 동시에 3명을 사귄다고? 지금?'

'네! 3명 맞구요. 거의 비슷한 시기에 사귀기 시작한 것으

로 파악 돼요. 전부 깊은 관계구요.'

'헐! 남자 셋으로도 모자라서 클럽에 가서 모르는 남자랑 원나잇을 해서 임신까지 한다고?'

뭐 이런 물건이 다 있나 싶어서 한 말이다.

'그건 모르죠. 아직은 임신 전이니까요. 기록을 뒤져보니 성병치료 3회, 중절수술 2회 경험했네요.'

'끄응! 어디서 여자를 골라도 하필 이런 여자를….'

충분히 이해는 된다.

유민우는 완전한 모태솔로였으니 얼굴 반반한 주민영이 친근하게 굴자 앞뒤 가리지 않고 대시했을 것이다.

한편, 주민영은 사귀던 사내 셋 중 대기업인 천지건설에 다니는 유민우가 제일 장래성이 좋고 만만하다 생각했다.

그렇기에 임신하자마자 '당신 애이니 책임지라.' 고 해서 신세를 망쳐놓았던 것이다.

아무튼 둘의 사이는 무조건 찢어놓아야 한다. 같은 아픔을 또 겪는 모습을 또 보고 싶지 않은 것이다.

'주민영이 다른 녀석들과 나눈 대화창 있지?'

'네! 카톡방이요?'

'그래! 그거 복사해서 유민우에게 보내주는 건 어떨까?'

'그거 문제되지 않을까요?'

개인의 사생활을 까발리는 것이기 때문이다.

'그럼 유민우를 해외현장으로 파견 보내는 건 어때?'

'어디로요?'

'아프리카보다 유럽 쪽이 낫지 않겠어?'

슬라브 3국의 여인들이 아름답다는 건 널리 알려진 사실이다. 오죽하면 장모님의 나라라고 할까!

자치령엔 우크라이나와 벨라루스, 그리고 러시아 사람들이 섞여서 거주하게 된다. 그중에는 주민영보다 훨씬 예쁜 아가씨들이 엄청 많을 것이다.

이런 엘프 같은 미녀들을 보게 되면 자연스레 주민영 따위는 잊을 듯싶다.

'좋은 생각이세요. 그쪽으로 발령나게 해볼게요.'

현수가 천지건설의 절대주주이니 얼마든지 가능한 일이다.

'그다음엔 알지? 티 안 나게 해.'

'에이, 그럼요! 제가 누군데요. 출국과 동시에 모든 통신을 차단하면 될 것 같아요.'

둘의 전화와 문자, 그리고 이메일까지 모두 차단시키겠다는 뜻이다.

손으로 쓰는 편지는 도달하지 않을 것이다. 그쪽 우정(郵政) 사업을 도로시가 관장하기 때문이다.

둘이 다시 만날 수 있을 방법은 한국 또는 자치령에서 만나는 것이다. 그런데 연락할 방법이 없다.

게다가 주민영은 자치령 입국 금지 명단에 들어간다.

그래도 둘의 인연이 계속 이어진다면 그다음부터는 말릴

생각이 없다. 스스로 험난한 구렁텅이로 떨어지려고 애쓰는 걸 어찌 말리겠는가!

아마도 여왕 거미 주민영은 기다려주지 않을 것이다.

눈에서 멀어지면 마음도 멀어진다는 속담이 괜히 있는 것이 아니다. 남친이 둘이나 더 있으니 허전하지도 않다.

어쨌거나 민우에게 해외 발령을 내면 출국 전에 괜한 짓으로 돈을 낭비할 수 있다.

비싼 커플링을 만들어서 주거나 명품 백을 사서 바치는 등의 아무런 영영가도 없는 바보 같은 짓을 뜻하는 것이다.

그러니 단기로 보내놓은 후 그곳에 계속 주재하는 발령 내는 방법이 괜찮을 듯싶다. 오겠다고 해도 당분간은 비행편이 없다고 하면 그만이다.

'그러고 말이야.'

'말씀하세요.'

'남은 두 녀석들에게는 대화 내용을 보내는 건 어때?'

'에? 무슨 말씀이신지요?'

'나머지 두 친구의 이름은 뭐지?'

'잠시만요. 김진홍과 최경석이예요.'

'좋아! 주민영이 유민우, 김진홍, 최경석을 동시에 사귄다고 하면 진홍에겐 나머지 둘과 주고받은 카톡을 보내주고, 경석에겐 유민우, 김진홍과의 대화 내용을 보내줘.'

'에? 지금까지 대화 내용 전부를요?'

양이 상당히 많은 모양이다.

'뭐 엑기스만 적당히 짜깁기해서 다들 확실하게 서로를 인식하게 해주는 게 좋지 않겠어? 다들 정신 차리라고.'

여기서의 엑기스는 남친이 셋이라는 것과 전부 깊은 관계라는 걸 대번에 알 수 있게 하는 것이다.

이를 보고도 만남을 이어가려는 사내는 없을 것이다. 독점하고 싶은 것이 사내들의 본능이기 때문이다.

주민영은 어차피 얼마 후에 임신을 하게 된다. 남친들 모르게 나이트클럽에 놀러갔다가 만난 녀석의 애이다.

이런 상황에서 민우만 쏙 빠져나가면 김진홍이나 최경석이 피해자가 될 수도 있다. 주민영 입장에선 꿩 대신 닭이라도 잡아야 하기 때문이다.

새들은 종족 번식을 위해 둥지를 틀고, 알을 낳은 뒤, 부화된 새끼들을 기르느라 엄청난 에너지를 소비한다.

그런데 이를 회피하려고 남의 둥지에 알을 낳은 뒤, 기르게 하는 새가 있다. 바로 뻐꾸기이다.

한국에서는 주로 붉은머리오목눈이, 일본에서는 개개비의 둥지에 몰래 알을 낳는다.

한국 뻐꾸기는 붉은머리오목눈이처럼 파란색 알을 낳고, 일본 뻐꾸기는 개개비처럼 흰색 알을 낳기 때문이다.

이 둥지에서 먼저 부화한 새끼 뻐꾸기는 숙주의 알을 둥지 밖으로 밀어 떨어뜨리는 것으로 삶을 시작한다.

이를 '탁란' 이라고 한다. 참고로, 탁(托)은 '밀어내다' 라는 뜻이고, 란(卵)은 '알' 이라는 의미이다.

어쨌거나 홀로 남겨진 뻐꾸기 새끼는 계모인 숙주 새를 끊임없이 속인다. 새끼 때부터 사기를 치는 것이다.

오목눈이나 개개비의 새끼는 삐약…, 삐약…, 삐약… 하며 단속적으로 운다. 반면 뻐꾸기 새끼는 삐약, 삐약, 삐약… 하는 연속적인 울음소리를 낸다.

이래야 숙주 새가 여러 마리의 새끼가 있는 것으로 오인해 먹이를 자주 물어다 주기 때문이다.

그렇게 개개비나 붉은머리오목눈이는 제 새끼를 모두 죽인 저보다 덩치가 큰 새끼 뻐꾸기를 온갖 힘을 다해 기른다.

친자식 죽인 적을 기르게 하는 참으로 이기적인 새가 바로 뻐꾸기인 것이다. 그래서 조류계의 이기주의자 또는 조류계의 사기꾼이라 한다.

현수가 이 새를 싫어하는 이유이다.

주민영이 하려는 짓은 어미 뻐꾸기와 같다.

다른 사내의 아이를 임신해놓고 민우처럼 책임감 있는 사내와 결혼하여 부양하게 했다.

남의 자식인 것이 드러났을 때에도 매우 뻔뻔했다.

민우가 이혼하자는 말을 먼저 꺼냈으니 신혼집 등 모든 재산이 본인 것이라고 우기곤 몸만 나가라 했던 것이다.

장인과 장모는 당연히 주민영의 편이었다.

김진홍이나 최경석이 어떤 녀석인지는 알 수 없다. 하지만 민우를 대신하여 인생이 망가지는 꼴을 두고 볼 수 없다.

그러니 미연에 방지하고자 사실을 알게 하자는 것이다.

생각해보니 괜스레 화가 난다.

'도로시!'

'네. 폐하!'

'전국의 모든 여성들을 조사해서 뻐꾸기 짓을 하고 있으면 그 남편이 사실을 알게 해줘.'

뉴질랜드는 페미니스트가 큰 골치였던 국가이다.

페미니즘이 극성을 이루던 2005년엔 총리, 국회의장, 총독, 대법원장까지 모두 여성이었다. 그래서 그런지 상식적으로 납득하기 힘든 법이 만들어졌다는 소문이 나돌았다.

그중 하나는 '아내의 허락 없이 친자확인 유전자 검사가 불법' 이라는 것이다. 남성이 몰래한 유전자 검사는 법적 효력이 없었던 것이다.

아울러 '자녀의 피부색 등으로 친자가 아님이 확실시되어도 양육비는 계속 지급되어야 한다.' 는 것이다.

부부 모두 백인인데 흑인 아이를 낳아도 성인이 될 때까지 돈을 내놓아야 한다는 뜻이다.

다음은 '이혼 후엔 모든 수입의 80%를 전 부인에게 줘야 한다.' 는 것이 있다. 이혼하면 전 남편은 평생 본인 수입의

20% 만으로 살아야 한다는 뜻이다.

이혼을 못 하게 하고 평생 돈 벌어오는 기계로 쓰겠다는 말이나 다름없다.

Chapter 07

늬들은 결혼하지 마라

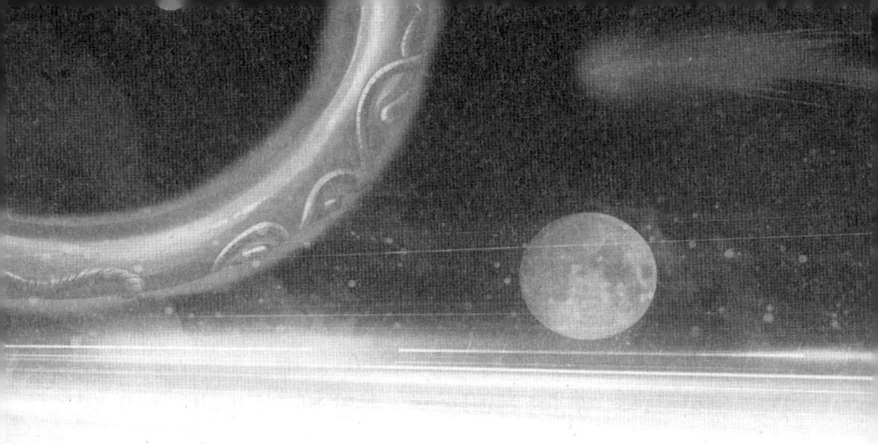

'이게 말이야? 방구야?' 라는 소리가 저절로 나올 정도로 어처구니없는 내용이다.

뭐 아무런 근거 없이 나돈 소문은 아닐 것이다. 이런 걸 보면 뉴질랜드 여성들은 일종의 뻐꾸기 같다.

이에 질린 뉴질랜드 남성들은 극도로 결혼을 회피하였다.

그러자 여성들은 '콘돔에 구멍 내기 작전' 으로 남자들을 옭아맸다. 일단 출산만 하면 양육비를 받아 평생 놀고먹을 수 있기 때문이다.

결국 남성 중 18%가 해외로 도피했다. 어린 아이나 노인이 아닌 결혼적령기 남성들이 대거 출국해버린 것이다.

이는 뉴질랜드 여자랑은 죽어도 결혼하지 않겠다는 의미의 탈출이었을 것이다.

졸지에 젊은 층의 남녀 성비가 와르르 무너져버렸다.

그러자 뉴질랜드 여성들은 관광객과의 짧은 만남으로 아쉬움을 달랬다고 한다.

아무튼 주민영이 하려는 것은 분명 뻐꾸기 짓이다. 민우, 진홍, 경석은 붉은머리오목눈이나 개개비 역할이다.

그런데 이런 뻐꾸기가 얼마나 많겠는가!

그래서 그런지 한국의 친자 불일치율은 상당히 높다.

친자가 아닌 듯싶어 유전자 검사를 해보면 그중 40% 가량이 진짜 남의 자식이라는 결과가 나왔다고 한다.

참고로, 영국과 스웨덴이 1% 남짓이니 상대적으로 대단히 높은 비율이다.

다음은 출생한 아이가 본인의 자식이 아닌 것 같다는 의심을 갖는 기간이다.

1개월	34%
1~12개월	34%
1~2년	10%
2년 이상	20%
30년 이상	2%

아이가 태어나고 1년 이내에 뭔가 이상하다고 느끼는 사람이 가장 많다는 것이다.

그런데 30년 넘게 내 자식이 아닌 것 같다는 생각을 하는 사람도 2%나 있다. 반평생 의심했다는 뜻이다.

그러니 스트레스가 얼마나 심했겠는가!

그러다 결국 남의 사식이라는 걸 알게 되었을 때는 또 어떤 마음이겠는가!

이를 모르고 그냥 지나친다면 생판 모르는 남의 자식을 키우느라 개고생을 해야 하고, 유산까지 물려줘야 한다.

이건 너무나도 명백한 사기이다.

그런데 단순히 속인 걸로 끝나지 않는다. 양육하는 동안 들었던 비용 문제가 아니다.

평생 제 자식으로 알았는데 그렇지 않음을 알았을 때의 실망감과 배신감, 그리고 허탈함 등은 어찌하겠는가!

가장들은 가정을 잘 건사하고, 자식들을 잘 키우려고 매일매일 야근하고, 투잡 쓰리잡을 마다하지 않는다.

직장에선 진짜 엿 같은 상사들의 비위 맞춰주느라 속이 썩어 문드러진다. 오죽하면 출근할 때 쓸개를 빼놓고 가라는 말이 있겠는가!

정년퇴직 후에도 아파트 경비원 같은 일자리를 찾는다. 이에 실패하거나 더 늙으면 폐지라도 줍는다.

어떻게든 가계에 보탬이 되게 하려는 것이다. 그런데 여자들은 그런 남편을 은어로 표현한다.

집에서 한 끼도 안 먹는 남편 - 사랑스러운 영식이
한 끼만 먹는 남편 - 귀여운 일식이
두 끼 먹는 남편 - 그냥 두식이
세 끼 다 먹는 남편 - 나쁜 삼식이
세 끼에 간식까지 먹는 남편 - 간나세끼
세끼와 간식, 야식도 먹는 남편 - 종간나세끼
시도 때도 없이 먹는 남편 - 시발세끼

내 자식이 아닐 수도 있는데 평생 동안 보호하고 먹여 살린 끝에 이런 대접을 받는다면 굳이 결혼할 이유가 없다.

남성들의 일방적인 희생에 불과하기 때문이다.

희생도 여러 종류가 있는데 이런 경우는 아무런 의미조차 없는 바보 같은 이용당함이다.

어쨌거나 아등바등 노력하는 가장들이 상당히 많다.

그런데 아내는 남편을 상대로 짜증을 낸다. 다음은 그 사유 중 일부이다.

돈 많이 못 번다고,
아이와 놀아주지 않는다고,
쉬는 날 어딘가로 놀러가지 않는다고,
명품 백을 사주지 않는다고,
남들 다 가는 해외여행 한 번 못 했다고,

힘들게 일하다 퇴근하면 집안이 개판이다.

점심, 저녁 때 시켜먹은 짜장면 그릇이 널려 있거나 피자 박스가 널브러져 있다.

치킨 부스러기들이 여기저기에 흩어져 있다.

싱크대에는 반찬 찌꺼기가 말라붙은 그릇들이 즐비하고, 세탁기 안에는 냄새 풍기는 빨랫감이 그득하다.

아빠 왔다고 달려드는 아이의 손엔 찐득거리는 초콜릿이 묻어 있어 바지가 엉망이 된다.

입고 있던 옷을 평상복으로 갈아입으면 바로 잔소리가 시작된다.

빨래해라, 청소해라,
설거지해라, 집안일해라,
마트에 갔다 와라, 개 산책시켜라

남편을 종 부리듯 하는 것이다.

어쩌다 남편이 성관계를 요구하면 피곤하다, 컨디션이 안 좋다, 지금 내 기분이 별로이다 등으로 거절한다.

남편은 일만 하는 개미가 아니다. 아내를 위해 희생하려고 태어난 것도 아니다.

그런데 속이고 부려먹는다.

자기 속내를 몰라준다고 툭하면 삐지고, 신경질 부리고, 짜증내고, 타박하고, 욕하고, 때리기도 한다.

오로지 자기밖에 모르는 것이다. 이런 줄 알았다면 애초부터 결혼하지 않았을 것이다.

아무튼 이런 여자들 데리고 사는 많은 남성들은 마땅히 화를 풀 방법이 없다.

온갖 잔소리로 꼼짝도 못 하게 하기 때문이다.

결국 인터넷에 푸념 글을 올린다. 그러면 여러 댓글이 달린다. 그래서 심심치 않게 아래와 같은 걸 보게 된다.

늬들은 결혼하지 마라, 진심이다!

— 왜?

— 그냥 하지 마. 씨발 새끼야.

— ㅋㅋㅋ 욕만 하면 어떡해. ㅋㅋ

— 욕부터 꼬라박냐 이젠? ㅋㅋ 겁나 웃겨 ㅋㅋㅋ

— 이제 걍 욕박는 메타로 가네 ㅋㅋㅋㅋ

딱 보니 주민영이 이런 남편을 만들 여성이다. 그리고 그런 여자들이 전국에 얼마나 많겠는가!

일부 못돼 처먹은 여자들은 착하고, 능력 좋으며, 자기가 마음대로 휘두를 수 있는 순한 남자를 노린다.

대기업에 취업한 공대 오빠들이 주로 대상이다.

중 · 고등학교는 물론이고 대학과 군대까지 모두 남탕이었기에 여자에 대한 면역력이 거의 없는 녀석들이다.

이러니 얼굴 반반한 여자가 빌미를 주면 그게 여왕거미의 질긴 거미줄에 걸려드는 것인 줄도 모르고 마치 사흘 굶은 개처럼 헐떡거리며 정신없이 달려든다.

그러다 문득 정신을 차리는 녀석이 아주 없는 것은 아니다. 그런데 뭔가 잘못되었다 싶어 후퇴하려고 하면 육체로 유혹하거나 '즙 짜기 신공'으로 꼼짝 못 하게 한다.

하긴 노리고 있던 먹잇감이 걸려들었는데 어찌 쉽게 빠져나가게 해주겠는가!

그 뒤부터는 피곤한 생활이 시작된다. 여자가 자기 결핍을 채우려는 욕심을 부리기 때문이다.

좋은 옷 사줘, 비싼 화장품과 명품 백 갖고 싶어, 호텔 레스토랑에서 만나, 술은 고급 와인으로, 백화점에 쇼핑하러 가자, 해외여행 가자 등의 요구가 그것이다.

그런데 국산 차는 타고, 내릴 때 남들 보기에 창피하다면서 비싼 외제 차를 타고 다니라고 한다.

이래서 여성들의 허영심을 채우려고 외제 차를 구입하는 카푸어들이 나날이 늘고 있는 것이다.

실제로 수입차협회의 자료에 의하면 구매자 중 20~30대의 비중이 약 36%이다.

참으로 한심한 노릇이다.

본인은 보증금 1,000만 원에 월세 50만 원인 원룸에 산다. 그런데 여친 때문에 1억 원이 넘는 차를 전액 할부로 구입했다. 그러면 어떤 결과가 빚어지겠는가!

차가 없을 때는 교통비가 그리 많이 들지 않는다. 대중교통이 싸기도 하고, 꼭 가야 할 곳만 다니기 때문이다.

그런데 차가 생기면 없던 지출이 왕창 늘어난다.

25세 청년, 1억 원짜리 외제 차의 자동차 보험료는 1년에 약 500만 원이다.

이밖에 자동차세, 주차비, 세차비가 추가된다. 이것들을 포함한 유지비만 월 280만 원 정도이다.

연비가 나쁘지만 여친과 기분 내러 여기저기 놀러 다니기 때문에 월 50만 원 정도가 주유비로 지출된 많다.

여기에 자동차 할부금 180만 원이 추가된다.

이 금액들을 모두 합산하면 약 500만 원이다.

원룸 월세 50만 원과 전기, 수도, 가스 및 휴대폰 요금 및 식대를 더하면 600만 원이 훌쩍 넘는다.

대기업에 재직 중이라 하더라고 감당하기 힘든 금액이라 신용불량자와 카푸어가 나날이 늘어나는 것이다.

곰곰이 살펴보면 여자 때문에 이렇게 된 것이다. 그런데 여자들은 이런 사정을 전혀 배려하지 않는다.

오로지 본인의 결핍된 욕구를 충족시키는 것에만 관심 있을 뿐이다. 그래서 원하는 대로 되면 온갖 아양을 떨지만 그러지 않으면 토라지거나 짜증을 부린다.

이러는 와중에도 몰래 온갖 짓을 다 하고 다닌다. 이는 결혼생활이 지속되는 동안에도 일어난다.

몰래 클럽에 가고, 헌팅 포차에서 놀기도 한다. 기회가 닿으면 원나잇도 서슴지 않는다.

남친이나 남편보다 잘생긴 사내를 보면 홀린 듯 모텔까지 따라가거나 아예 먼저 유혹한다.

개중엔 성매매나 다름없는 만남도 포함되어 있다.

아이들 교육을 빌미로 자식들만 데리고 외국으로 나간 여자들이 많다. 핑계는 아이들 보살펴야 한다는 것이다.

이런 여자들의 남편을 기러기 아빠라고 부른다. 그런데 이 엄마가 정말 아이들만 돌보고 있겠는가!

남편이 반지하 월세방 또는 허름한 고시원에 머물면서 번 돈 거의 전부를 송금하면 그걸로 사치와 향락으로 소비한다.

아이들이 학교에 가고 나면 그때부터 바람피우고 다니는 여성들이 상당히 많다.

한강엔 배 지나간 자국이 남지 않으니 현장을 들키는 것이 아닌 이상 잡아떼면 그만이라는 심보이다.

아내가 외도하는 비용까지 대준 기러기 아빠만 불쌍하다.

불행히도 이런 양심 없는 여자들이 상당히 많다. 덕분에 '이생망' 도 많다.

거미줄에 걸린 불쌍한 녀석들이다.

이번 생은 망했으니 다시 태어나면 잘 골라야 하는데 멍청하게도 또 걸려든다. 발정난 개가 되어 여자들의 겉모습만 보기 때문이다. 참으로 한심한 노릇이다.

그런 걸 어찌 두고 보고만 있어야 하는가!

'모두 조사해서 상대 남성들에게 진실을 알려줘.'

'무엇을 어떻게요?'

'양다리를 걸치고 있다면 그 사실을 양쪽 모두에게 알려줘. 그리고 뭔가를 속이려고 하면 명백한 증거를 잡아서 문자나 카톡으로 보내주고.'

'상대와 주고받은 문자나 같이 찍은 사진, 통화를 녹음한 파일 같은 걸 보내면 되겠네요. 근데 익명이어야겠지요?'

'익명이든 뭐든 알리는 게 중요해.'

'그건 그렇죠.'

'기왕 알려주는 거니까 모텔이나 호텔에 들어가는 모습과 CCTV에 찍히는 장면도 보내줘.'

'그리고요?'

'상대가 누군지, 언제인지, 장소가 어딘지, 안에 얼마나 머물렀는지, 누가 무엇으로 얼마를 결제했는지도 알려주고.'

'알겠어요, 근데 남성들이 그러는 건 안 알려요? 남자들도 양다리 많이 걸치잖아요. 바람둥이도 많구요.'

'당연히 그것도 알려야지. 그래야 남녀평등이지. 안 그래?'

'좋아요! 그럼 진상조사위원회라는 닉네임으로 보낼게요.'

'진상(眞相)?'

'아뇨~! 그 진상은 사물이나 현상의 거짓 없는 모습이나 내용이고요. 제가 말하는 진상은 무례한 말과 태도로 필요 이상의 요구를 하거나 억지 부리는 사람을 뜻하는 거예요'

한마디로 식당 같은 곳에서 종업원을 상대로 되도 않는 행패를 부리는 자를 뜻하는 것이다.

'그거 괜찮네. 뻐꾸기처럼 남의 자식을 키우게 하거나 양다리 걸치고 그러는 것들은 다 진상이라 이거지?'

'네, 저는 그렇게 생각해요.'

'흐흐! 전국의 날라리와 바람둥이들 눈물 흘리겠네.'

'그게 나쁜 일은 아니죠. 이런 것들은 하루라도 빨리 거르는 게 상대방 정신건강에도 좋으니까요.'

'동의해! 참, 나는 양다리가 아니지?'

'그럼요 양다리는 절대 아니시죠! 정확히는 여섯 다리를 걸치셨지요.'

'흐흠! 그, 그건 그러네. 그럼 나도 걸러야 해?'

'아니죠! 그 여섯 명 모두가 서로를 알고 있고, 서로를 인정하고 있으니 폐하는 예외에요.'

'그래? 그건 다행이네.'

'그리고 그 여섯 명 모두와 결혼을 하실 거잖아요.'

'당연하지.'

'그래서 예외라는 거예요.'

'잉? 무슨 소리야?'

'실컷 놀아놓고는 책임질 일이 생겨도 나 몰라라 하며 도망가는 사람들이 많아서 그래요.'

'아! 클럽에서 만나 주민영을 임신시킬 녀석 같이?'

'맞아요.'

'그럼 그 녀석 신원 확보해놨다가 주민영이 임신하면 그쪽에 알려줘.'

'남자들은 세 가지 뿌리를 함부로 놀리면 안 되는데 그중 하나를 잘못 놀렸으니까요?'

'정확히 이해했네.'

'알겠어요, 그건 그렇게 할게요.'

어떤 놈인지 알 수는 없지만 주민영의 거미줄에 걸려 평생 고생하거나 양육비를 내놓아야 할 것이다.

무책임한 행동에 대한 대가이니 불만 가지면 안 된다.

'학력이나 신분을 속이는 등의 수법으로 사기 치는 것들도 모두 상대에게 그 내용을 알려줘.'

'알겠어요.'

'이미 피해가 발생된 경우라면 모든 재산 몰수하고, 데스봇 레벨 6를 투입해.'

사기를 살인보다 더한 범죄행각으로 여기기에 한 말이다.

'당연하신 말씀이세요.'

'재벌집 아들이 서민인 척 하는 건 봐줘.'

여자들이 돈만 보는 것을 경계하려는 목적으로 신분을 감춘 건 예외로 하라는 뜻이다.

'알겠어요.'

'반내는 알짤 없는 거 알지?'

서민이 재벌가의 일원인 것처럼 사기 치는 행위는 엄단하라는 뜻이다.

'아이고, 그럼요! 당연하죠.'

도로시와 대화하는 동안 엘리베이터는 34층에 당도했다. 그와 동시에 안내 방송이 나온다.

띵—!

"여기는 34층! 하인스 킴 부사장님 전용공간입니다."

무심코 방송을 듣던 현수가 화들짝 놀란다.

"응? 부사장…? 제가요?"

"자리를 비운 동안 승진하셨네. 하하하!"

현수의 시선을 받은 신형섭 사장이 파안대소를 터뜨린다.

"예? 제가 뭐 한 게 있다고요?"

"자네가 전 세계에 우리 회사를 광고해주셨네."

"예? 제가요?"

"1국부터 10국까지 매번 자네 프로필이 떴네. 천지건설 전무이사 겸 Y—그룹 총수로 말이지."

"아…!"

뭔 뜻인지 이해했다.

국내에선 천지건설이 해외영업을 위주로 하는 건설사로 인식되고 있다. 마무리되지 않은 일부 공사만 진행되고 있을 뿐 새로 착공하는 것이 전혀 없는 때문이다.

아제르바이잔과 콩고민주공화국에서 수주한 4개의 굵직굵직한 공사는 건설업 서열을 바꾸게 하였다.

2017년 도급순위 1위에 당당히 랭크된 것이다.

다른 건설사들이 해외 영업을 전혀 하지 못한 결과이기도 하지만 그렇지 않다 하더라도 1위는 천지건설이다.

아프리카와 유럽에 2개의 이실리프 왕국을 개발하는 공사가 예정되어 있기 때문이다. 이것은 대한민국 전체를 최소 10번 이상 개발하는 것과 맞먹을 공사이다.

거의 아무것도 없는 곳에 고도로 발달된 국가를 만드는 것과 같기 때문이다.

이밖에 휴전선 이북과 몽골 개발에도 일정 부분 참여할 것이니 압도적 1위가 당연하다.

아무튼 현수 덕분에 천지건설은 널리 알려졌다. 수백억 원을 들여 광고하는 것보다 훨씬 더 효과적이다.

하긴 세계 최고의 부자이자 천재 중의 천재인 현수의 프로필 가장 앞에 재직하고 있다고 되어 있었기 때문이다.

구글 등 웹브라우저에서 천지건설을 검색한 기록이 엄청나다는 것이 이에 대한 방증이다.

1국 때는 전 세계 검색어 1위에 랭크되기도 했다.

신형섭 사장과 이연서 그룹 총괄회장은 몹시 흐뭇했다.

자연스레 천지건설과 천지그룹에 대한 이야기가 나오면서 기업 신인도(信認度)[15] 가 대폭 상승했기 때문이다.

이는 은행과 거래할 때 매우 유리하며, 외자 도입을 추신할 경우에도 금리가 낮아지는 효과가 있다.

예를 들어, 영국의 템즈강이나 독일의 라인강에 새로운 교량을 건설하고자 한다.

이때 동양의 이름도 처음 들어보는 회사에서 공사를 달라고 하면 어떤 대접을 받겠는가!

아마 만나주지도 않을 확률이 대단히 높다.

그런데 대단히 유명해졌다. 그럼 궁금해서라도 한번은 들춰보게 마련이다.

공사 수주를 위한 지명원(指名願)[16] 을 보냈을 때 쓰레기통으로 직행하는 불상사를 면할 수 있게 된 것이다.

그것엔 그간의 공사 실적들이 나열되어 있으니 천지건설의 시공능력을 파악할 수 있다.

그런데 아제르바이잔과 콩고민주공화국에서 진행되고 있는 공사들을 보면 어떤 생각을 하겠는가!

천지건설은 현수 덕분에 세계 최고수준의 건설사 반열에 올랐다. 아울러 이러한 사실이 널리 알려지게 되었다.

15) 신인도(信認度) : 믿고 인정하여 의심하지 않는 정도

16) 지명원(指名願) : 시공업체로 선택되기 위하여 회사를 설명하는 문서

"축하드려요, 부사장님!"

"저도 축하드려요."

김지윤과 조인경도 얼른 축하의 말을 건넨다.

"나만 몰랐던 거야?"

"호호! 그런가 봐요."

조인경이 배시시 미소 짓는다.

반달처럼 휘어진 눈, 검은 눈동자, 고른 치열, 그리고 살짝 들어간 보조개와 붉은 입술이 참 아름답다.

"김 비서도?"

"에이, 저도 출근해서 알았어요."

하긴 같이 출국했다 같이 귀국했다.

오늘은 오랜만에 엄마가 해주는 밥을 먹고 출근했는데 현수보다 30분 일찍 당도했다.

도착해보니 조인경이 있었는데 이때 승진 소식을 들었다.

아직 서른도 안 된 나이인데 대기업 상무이사가 되었다는 말에 어안이 벙벙했다.

연봉도 대폭 늘어났다는데 그를 잊을 정도이다. 이때 부사장 승진 소식을 들었던 것이다.

"끄응!"

건국 선포되면 한국에 머물 시간이 그리 많지 않을 것이다. 하여 괜스레 부담된 것이다.

현수는 나지막한 침음을 내곤 발을 내디뎠다. 바닥이 푹신하다. 전과 달리 두툼한 양탄자가 깔려 있다.

조인경은 습도 유지와 먼지 흡착을 목적으로 아침저녁으로 박무(薄霧)가 뿜어진다는 설명을 했다.

복도 전체에 깔린 것은 진한 붉은색 바탕에 연한 문양이 그려진 것이다. VIP를 의미하는 모양이다.

신 사장의 안내를 받아 부사장실 문을 열자 전과 다른 배치가 보인다. 인테리어를 완전히 다시 한 모양이다.

보아하니 마무리 시공의 끝판왕인 유니콘 아일랜드팀이 손을 댄 모양이다. 흠잡을 곳이 없어보였던 것이다.

시선을 돌려 요모조모를 살폈는데 마음에 들었다.

"좋으네요. 감사합니다. 사장님!"

"총괄회장님께서 각별히 신경을 쓰셨는데 마음에 들어 하니 다행일세."

"네, 진짜 마음에 듭니다. 감사 인사드려야겠네요."

"하하! 그러게. 그럼 더 둘러보시게. 난 일이 있어서…."

"네! 살펴가세요."

신 사장이 돌아가자 현수와 지윤은 부사장실과 비서실을 꼼꼼히 둘러보았다.

현수의

방으로 들어가는 입구 양쪽에 인경과 지윤의 방이 있다. 부사장실은 비서실장들의 방보다 2배 이상 크다.

모두 우아하면서도 정갈함이 느껴지는 인테리어이다. 그러다 문을 하나 열었더니 50명이 자리에서 벌떡 일어선다.

"안녕하십니까? 부사장님!"

"……!"

화들짝 놀라 조인경을 보았다.

"여긴 국내담당 비서들의 공간이에요."

이제 이쪽에 있을 시간보다 휴전선 이북에서 보낼 시간이 훨씬 많다. 따라서 이토록 많은 비서는 필요 없다.

그럼에도 어쩌겠는가!

이미 발령 난 상태이고, 초롱초롱한 눈빛으로 바라보고 있다. 내키지는 않지만 받아들여야 한다.

"아! 네에. 반가워요."

현수는 비서들과 일일이 악수를 나눴다.

보나마나 고르고 고른 인재들일 텐데 할 일도 별로 없을 비서실에 짱 박아두고 아무것도 안 시키면 안 된다.

'도로시! 이들에게 줄 업무 구상해봐.'

'넵!'

잠시 후 해외담당 비서들과도 만났다.

마치 군대에서 사단장과 악수하는 병사들처럼 잔뜩 긴장한 채 악수를 할 때마다 관등성명을 대듯 이름과 나이, 이전 소속 부서를 읊었다.

이쪽도 모두 젊었고, 성비(性比)가 비슷했다.

남성 사원들은 경탄과 흠모의 마음으로 악수를 나눴다면,

여성 사원들은 애모와 존경하는 마음이었다.

너무도 잘난 사내인지라 저절로 발생되는 모양이다.

'어휴! 비서가 백 명이나 되네. 어디에 쓰지?'

'쓸 일이 없을까 봐요?'

'당장은 그래.'

'그래도 뭐든 생각나는 걸 지시하세요.'

'그래, 그래야지.'

부사장실은 집기 하나하나가 모두 예술품 반열에 오를 정도로 우아하면서도 품격 높아 보였다.

책상 앞 의자에 앉았다가 빙글 돌아보니 도도히 흐르는 한강이 보인다.

물결이 햇살을 받자 반짝이는 것처럼 보였다.

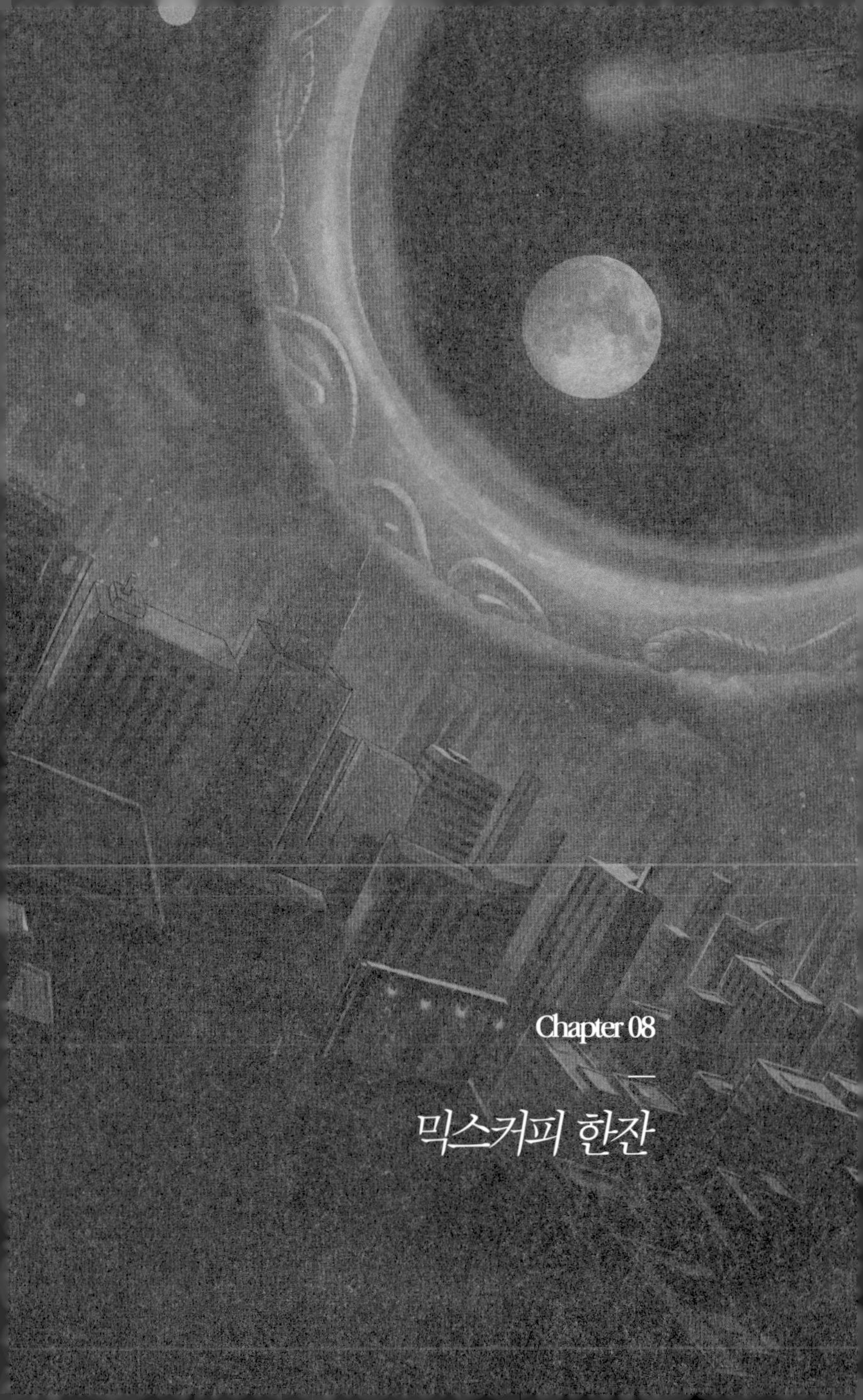

Chapter 08

믹스커피 한잔

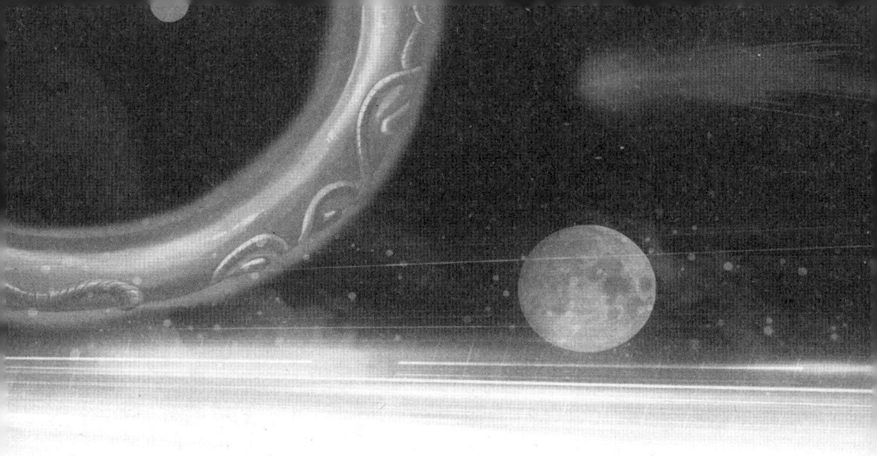

'도로시!'

'넵!'

'엘리디아 호출해. 아니, 내가 할게.'

잠시 후 물의 최상급 정령 엘리디아가 스르르 나타난다. 물론 현수의 눈에만 보이는 모습이다.

"부르셨어요?"

"그래! 오랜만이지? 지시한 일은 잘하고 있지?"

"네! 다시 뵙게 되어 좋으네요. 그리고 밝달해에 가라앉아 있는 어망과 어구 같은 쓰레기 수거는 얼추 끝나가요."

"응? 벌써? 그 넓은 바다를…?"

"네! 새로 버리는 놈들이 없어서요."

지나 쪽은 아예 사람이 살지 않게 되었고, 한반도 쪽에선 어로(漁撈)활동이 거의 중지된 상태이다.

엄청난 홍수로 인해 밝달해의 염분 농도가 대폭 떨어지면서 어족자원들이 대거 이동한 때문이다.

다시 말해 바다에 물고기가 없다. 있어도 지나에서 쏟아져 나온 시신을 뜯어먹는다는 소문이 번졌다.

누가 이런 물고기를 먹고 싶겠는가! 그러니 고기잡이를 해봐야 팔리지 않으니 하지도 않는 것이다.

"그랬어?"

"네! 한번 치우면 다시 더러워지지 않아서 쉬웠어요."

"그래, 수고가 많아. 근데 내가 뭘 좀 더 지시해도 될까?"

"그럼요! 말씀만 하세요."

"저기 저 한강 보이지?"

"네! 겉보기엔 괜찮아도 속은 많이 썩은 물이지요."

"그래. 그걸 취수해서 수돗물을 만들고 있어."

"그거 정화해드려요?"

"그러기 전에 바닥 청소부터 하면서 정화시켰으면 해."

아마 어마어마한 쓰레기가 쌓여 있을 것이다.

"네! 지시하신 대로 할게요."

"그래! 근데 엘리디아가 직접 하지 말고 중급 정령 시켜."

"네, 저 정도는 중급이면 충분하죠. 상류부터 할게요."

"그래. 저거 다 끝나면 나머지 강들도 깨끗하게 해줘."

"알겠어요."

"최소 2급수야."

"네, 그럴게요."

1급수는 수정같이 맑은 물로 냄새나지 않으며 그냥 마실 수 있는 물이다.

2급수는 비교적 맑은 물이며, 목욕을 할 수 있다.

3급수는 황갈색 탁한 물, 4급수는 오염이 심한 물, 5급수는 심하게 오염된 것으로 까맣고 냄새가 고약하다.

현재 서울 지역의 한강은 3~4급수에 해당된다.

"노에디아도 불러서 한강 바닥을 준설(浚渫)[17] 하도록 해."

수중보에 막혀 있는 곳의 바닥엔 흙과 유기물이 썩어서 생기는 냄새나는 찌꺼기가 1.2m 두께로 쌓여 있다.

이를 '해감'이라 하는데 중금속과 대장균을 비롯한 각종 세균, 그리고 여러 유기물 등이 섞인 유해물질이다.

따라서 서투르게 준설하면 자칫 긁어 부스럼이 된다.

"알겠어요."

"그거 하기 전에 정화부터 하지 않으면 수질이 더 나빠지는 거 알지? 각별히 조심하도록 해."

물의 최상급 정령인 엘리디아는 다른 계통 정령과 달리 강력한 치유 능력을 가지고 있다. 그래서 지난번 콘서트 때 관

17) 준설(浚渫) : 하천이나 항만 바닥에 쌓인 모래나 암석 등을 파내어 물의 깊이를 깊게 하는 일

중들의 각종 질병을 완치시킬 수 있었던 것이다.

아무튼 물의 정령이 수질정화 능력을 발휘하면 자동적으로 모든 세균들이 박멸된다.

당연히 유익균도 포함된다. 하지만 완전히 없어져도 새로 유입되기에 별 탈 없을 것이다.

“그럼요! 잘 알죠. 저희가 알아서 잘할게요.”

“그래! 한강 다 끝나면 금강, 영산강, 낙동강 등 오염이 심한 강부터 차례대로 준설하고 정화해.”

“네. 근데 해감은 어떻게 처리할까요?”

“그건…. 준설하면서 물기를 완전히 뺀 다음에 강변에 굳혀놓으면 가져갈 거야.”

정령의 정화능력으로 세균은 없앨 수 있지만 중금속까지 사라지는 것은 아니다.

따라서 오염물질 덩어리인 해감을 땅속에 묻으면 지하수가 오염되는 등의 일이 벌어질 수 있다.

그러니 강변에 모아두라는 것이다. 일정량이 되면 아공간을 가진 안드로이드가 가져다 원소분해기 앞에 쌓아둔다.

분해된 원소를 원료로 뭐든 필요한 물건을 만들면 된다. 원소수집기와 만능제작기가 있기 때문이다.

따라서 썩은 내와 악취 풀풀 풍기는 해감이라 할지라도 인조고기로 변모될 수 있다. 당연히 인체에 무해할 뿐만 아니라 맛만 좋다.

"그 양이 상당히 많을 거예요."

"당연히 그렇겠지. 꺼내놓으면 알아서 할게."

"네! 지시대로 할게요."

"그래, 물러 가. 수고하고."

"네, 또 뵈어요."

엘리디아가 사라지자 인경이 부사장실로 들어선다.

"부사장님! 주한 미국 대사가 면담 요청을 했어요."

"미국 대사가? 왜?"

"그건 제가 알 수…."

"좋아, 사전에 연락한 거 없었지?"

"네."

"그럼 오늘은 안 되고, 내일 오전 9시에 다시 오라고 해."

"네? 그냥 보내라고요? 로비에 도착해 있다는데요?"

"불청객이잖아. 내게 만나줄 의무가 있는 것도 아니고."

"그런 그렇지만 미국 대사인데…."

한국 사회는 미국을 특별 대접하고 있다.

세계최강국, 천조국, 혈맹, 군사동맹, 선진국 등 여러 사유로 살짝 사대하는 경향이 있는 것이다.

이런 분위기는 학교 수업에서도 고스란히 드러난다. 그런 미국을 대표하는 사람이 대사이다.

그런 사람이 접견 요청을 했음에도 현수는 추호의 망설임 없이 거절하라는 말을 했다.

하여 저도 모르게 다시 한번 생각해보는 것이 어떻겠느냐는 뉘앙스를 풍긴 것이다.

"대사 아니라 미국 대통령이라 할지라도 사전에 아무런 통보 없는 방문은 용납할 수 없어. 그러니 내일 오라고 해."

현수의 단호한 눈빛을 읽은 인경은 이내 고개를 끄덕인다. 더 권해도 받아들이지 않을 것이라 생각한 것이다.

"네. 알겠어요."

부사장실을 나서는 인경의 머릿속은 복잡하다.

대사는 현수가 이곳에 있다는 걸 알고 왔다.

그런데 만나주지 않고 내일 오라는 말을 전해야 하는데 어찌하면 기분 상하지 않을까 싶은 것이다.

저도 모르는 배려 때문에 살짝 스트레스를 받는다. 그런데 모든 직장인이 이런 스트레스에 노출되어 있다.

무심코 내뱉은 상사의 말 때문에 심리적인 압박감을 느끼는 것이 그중 하나이다.

해도 되고 안 해도 되는 일이라 할지라도 반드시 되게 하려면 때로는 무리수를 두어야 하는 일이 있다.

그렇게 해서 잘되면 다행이지만 불상사가 발생하거나 회사에 손해를 끼치면 고스란히 본인 책임이 된다.

하여 퇴근 후에도 노심초사하는 직장인들이 얼마나 많은지 모든 상사들이 반드시 깨달아야 한다.

'무심코 던진 돌에 개구리가 죽는다'는 말이 왜 생겼는지를 반추하여 안에 담긴 깊은 뜻을 헤아려야 한다는 뜻이다.

그리고 퇴근이 임박한 시각에 내일 아침 몇 시까지 무슨 보고서를 작성해서 내 책상 위에 올려놓으라는 요구를 하는 상사들은 다 나가서 뒈져야 한다.

본인은 칼퇴근하면서 부하 직원들더러 밤을 새라는 놈은 개 같은 심보를 가졌다.

부하직원도 가정이 있을 수 있고, 가족이 있음을 전혀 고려치 않는 놈이니 세상을 살 가치가 없다.

가망 없는 계약 건을 반드시 성사시켜야 한다는 압박을 가하는 상사가 있다면 백 초크로 질식시켜도 된다.

한 번쯤 죽음의 위기를 겪고 나면 조금 덜 할까 싶다.

내일 아침 본인 아이 유치원 입학신청을 반드시 성사시켜야 한다는 상사는 아구창을 갈겨서 쓰러뜨린 뒤 마구잡이로 갈겨서 반쯤 죽여도 된다.

인간성이 글러먹은 개새끼이니 마음껏 패도 된다.

그런데 지금 인경이 이와 유사한 스트레스를 받고 있다. 현수에겐 잘못이 없다.

오늘은 귀국 후 첫 출근이다. 그간 밀린 업무가 얼마나 많겠는가! 아제르바이잔과 콩고민주공화국에서 진행되는 공사가 어떻게 되었는지 알아야 한다.

아울러 배속된 비서들에게 업무 지시도 해야 한다.

무려 100명이다. 이 사람들 모두가 오늘 하루를 허송세월하면 4명의 한 달치 급여가 날아가는 셈이다.

천지건설의 등기 임원이자 실질적인 소유주로서 있어서는 안 될 일이다.

그런데 미국 대사가 찾아와 면담을 요구했다.

마치 아무 때나 찾아와도 당신은 내게 시간을 내줘야 한다는 느낌을 받았다. 어찌 기분이 좋겠는가!

그렇기에 요구를 거절하였다. 한발 양보하여 잠시 시간을 내줄 수도 있지만, 곧 국왕이 되실 몸이다.

그러니 현수의 반응은 지극히 당연한 일이다.

그런데 스트레스는 인경이 받는다.

대사에게는 왜 사전 연락도 없이 쳐들어왔느냐고 짜증을 부릴 수 없다. 욕은 당연히 하지 못한다.

그런데 면담 거절을 통보하면 어떤 반응을 보일지 걱정된다. 격렬히 화를 낼 수도 있고, 미안하다면서 내일 오겠다는 말을 할 수도 있다.

욕을 하든 안 하든 대사 역시 기분이 좋지 못할 것이다.

한국에 부임한 이래 이런 푸대접을 받을 것이라곤 전혀 상상도 못 했을 것이기 때문이다.

외교관이긴 하지만 그러기 전에 한 인간이다. 따라서 아주 싸늘한 표정을 지어 보일 것이 분명하다.

그리고 인경은 그 앞에서 변명 아닌 변명으로 다독여야 한다. 본인 잘못도 아닌데 사죄 비슷한 말을 해야 하는 것이 심히 마뜩치 않다.

상대가 방귀 뀐 장본인이기 때문이다.

왜 방귀를 뀌어 악취를 풍겼냐고 따지는 것이 아니라 구린 내가 나서 죄송하다는 말을 해야 한다.

그런데 오히려 화를 낼 것으로 예상된다.

어찌 짜증나지 않겠는가! 그럼에도 마음에도 없는 말을 하러 내려가야 한다.

인경은 살짝 인상을 찌푸렸다. 그러곤 엘리베이터 버튼을 눌렀다. 잠시 후 도착하여 문이 열리고 있을 때 뒤에서 부르는 소리가 있었다.

"조 상무님! 잠시만요."

"……?"

돌아보니 현수의 수행비서 겸 경호원인 신일호가 오고 있다. 그는 차장으로 임명되었다.

"신 차장님?"

"네, 상무님! 내려가지 마세요."

"아! 지금 내려가서 미국 대사에게 말 전해야 하는데…."

"그런데 부사장님이 지금 다시 오시랍니다."

"그래요?"

"네! 말 전하는 건 제가 대신하라고 하셨습니다."

"알겠어요."

가기 싫은데 잘 되었다. 인경은 바로 돌아서서 부사장실로 되돌아갔다.

똑, 똑!

"네! 들어와요."

문을 열고 들어가 보니 와이셔츠 차림으로 결재판을 뒤적이고 있었다.

"부르셨다고 들었습니다."

"응! 이 첨부 서류 내용이 뭔지 알지?"

세상 모든 언어에 통달해 있기에 다 아는 내용이지만 짐짓 물어보는 것이다.

면담 거절을 통보하러간 인경이 마음에 걸렸던 것이다. 현수 본인은 미국 대사라 할지라도 짐짝 취급을 해도 된다.

하지만 조인경은 아니다. 하여 그 마음을 헤아려 신일호를 대신 보낸 것이다.

어쨌거나 인경은 얼른 다가가 결재판을 살핀다.

"아! 이건 아제르바이잔 신도시 건설공사 현장에서 발견된 유적(遺跡)에 관한 보고서예요."

"응? 유적이 발견되었어?"

"측량을 하던 중 이슬람 도기가 발견되었어요."

잠시 조인경의 설명이 이어졌다.

이슬람도기는 7세기 중반 무렵 이슬람교가 성립한 이래 그 문화의 영향이 미쳤던 곳에서 제작된 것을 통칭한다.

살비르(Salbir) 유적에서 출토된 것은 9~11세기 무렵에 제작된 것으로 밝혀졌고, 현재는 이에 관한 연구가 진행되고 있다.

신도시가 자리 잡게 될 곳에서 발견된 것도 이와 비슷한 시기에 제작된 것으로 추정되는 도기 파편들이다.

하여 잠시 측량을 멈춘 상태였으나 이내 큰 가치가 없다는 판단이 내려졌다. 온전한 것 하나 없이 모두 박살 난 것들만, 그것도 소량만 있었기 때문이다.

이것은 아제르바이잔어로 제출된 보고서 사본인데 측량작업이 멈췄던 것에 대한 사유서에 첨부되어 온 것이다.

"아! 그랬구나. 다행이네."

"네. 살비르 유적[18] 정도였다면 다른 곳에 신도시를 지어야 했을 거라고 하더군요."

"그래, 다행이지. 그나저나 차나 한잔하지."

"네! 뭘 가져올까요?"

"달달한 믹스커피 있지?"

"알겠어요."

잠시 후 인경은 두 잔의 커피를 내왔다.

"흐음! 이 맛 오랜만이네."

"네? 바하마엔 없었나요?"

"응! 없었어."

커피믹스는 대한민국의 동서식품에서 세계 최초로 만들었

18) 살비르 유적 : 아제르바이잔 코카사스 남부에서 가장 이른 시기에 형성된 코카시안 알바니아의 도성 유적으로 추정됨

다. 그런데 이를 수출하지 못하고 있다.

다만 한국을 방문했던 관광객이 사가지고 가는 것은 제한이 없다. 그런데 바하마에서 왔던 사람이 얼마나 있을 것이며, 그들이 가지고 간 물량이 있다면 얼마나 되겠는가!

그렇기에 커피믹스를 구경하지 못한 것이다.

"에? 바하마엔 수출이 안 되었나요?"

"바하마뿐 아니라 다른 나라에도 수출 못 하는 품목이야. 동서식품이 맥심[19] 브랜드를 빌려서 쓰고 있기 때문이지."

"아! 그래요?"

"아쉬운 일이야. 동서식품에서 다른 브랜드를 만들어서 수출했으면 떼돈을 벌었을 테니까."

"그런가요? 그런데 외국인들도 믹스커피를 좋아해요?"

"그럼, 한 번도 안 먹어본 사람은 있지만 한 번만 먹은 사람은 없다는 말 알지?"

"와아! 그 정도예요?"

"웅! 그거 좋아하는 사람 생각보다 훨씬 많을 거야."

"아! 그렇겠네요."

조인경은 그럴 수도 있겠다는 생각을 했다. 본인도 한동안 믹스커피에 반쯤 중독되었었다.

원래는 하루에 한 잔 정도였다. 그런데 회사가 유동성 위기

19) 맥심 : 미국의 식품회사 크래프트 푸드가 상표권을 가졌던 인스턴트 커피 브랜드

에 처했을 때는 하루에 다섯 잔씩 마시기도 했다.

왠지 달달한 걸 마시면 스트레스가 조금은 줄어든다는 느낌 때문이었다.

이는 괜한 짐작이 아니니다.

실제로 달콤한 음식은 뇌에 즉각 에너지를 공급해주는데 이것은 스트레스를 진정시키는 효과를 보인다.

뇌 속 쾌락 중추를 자극하여 세로토닌과 도파민이 분비되도록 하기 때문이다. 참고로, 이것들은 심리적 안정감과 행복감을 주는 신경전달물질이다.

외국인이라 하여 뇌의 구조와 형태, 그리고 기능이 다른 것이 아니다. 외국에도 인스턴트커피와 믹스도 있지만 특유의 맛을 내지 못한다. 그렇기에 한국 믹스커피를 즐기는 외국인의 수효는 점점 늘고 있다.

'도로시!'

'네! 맥심과 맥스웰 브랜드 그거 미국 크래프트 푸드사의 것 맞지?'

'그 회사 크래프트 하인즈 컴퍼니로 사명이 변경되었어요.'

'그래? 회사 소유주가 하인즈가 된 거야?'

'전에는 그랬는데 지금은 그 회사 주식 전부 매입하여 폐하가 주인이세요.'

'그럼 동서식품은…?'

'거기라고 다르겠어요? 당연히 폐하 소유지요.'

'오! 그래? 그럼 잘 되었네. 그럼 믹스커피 수출할 수 있도록 길을 열어줘.'

'네! 지시대로 할게요. 근데 지금은 수출입 모두 차단되어 있는 거 아시죠?'

'당연하지. 수출을 염두에 둔 생산을 준비하라는 뜻이야.'

'원두 수입이 안 돼서 그것도 어려울 거예요.'

'아! 그렇군. 그럼 원산지에 포탈마법진 설치해야겠네.'

'천천히 하셔도 돼요. 내수용 물량은 아직 괜찮으니까요.'

'그래! 어디에 설치하면 편할지 확인해둬.'

'네! 걱정 마세요.'

도로시와 대화하는 동안 조인경은 커피 잔을 비웠다.

"다른 지시 사항 있으세요?"

"어디 가게?"

"미국 대사 어떻게 되었는지 궁금해서요."

"걱정 마. 신 차장이 알아서 잘 응대했을 거야."

로비로 내려간 신일호는 곧장 미국 대사 앞으로 가서 이렇게 말하였다.

"안녕하십니까 대사님! 저는 하인스 킴 부사장님의 수행비서 신일호 차장이라 합니다."

"아, 네에. 어디로 가면 됩니까?"

대사는 엘리베이터 홀을 바라본다. 어떤 걸 타고 올라가야 하느냐는 뜻이다.

"죄송한데 오늘 접견은 어렵습니다."

"에? 그게 무슨 말이오?"

전혀 예상하지 못했던 대답을 들었다는 듯 안색이 굳는다.

"저희 부사장님이 시차 때문에 컨디션이 엉망이십니다. 그래서 오늘은 만나지 못한다고 말씀 전하라고 하셨습니다."

"아…!"

대사는 낮은 침음을 내곤 이내 고개를 끄덕인다.

현수는 상당기간 바하마에 체류하면서 그쪽 시각에 적응된 상태였다. 따라서 이곳에 완전히 적응하려면 8일 정도 소요된다. 본인도 귀국할 때마다 겪는 일이다.

하여 굳었던 표정을 푼다. 이때 신일호의 말이 이어졌다.

"저희 부사장님께서 내일 오전 9시에 다시 와주십사 하시는데 대사님은 어떠신지요?"

"에? 또 오라고요?"

오늘 거절했으니 내일은 대사관으로 직접 오겠다는 말을 들을 것이라 기대했던 모양이다.

"오랜만의 귀국이라 밀린 결재 서류가 너무 많습니다. 그런데 조만간 왕국으로 가셔야 해서요."

시간이 없다는 걸 에둘러 말하는 신일호이다.

"……!"

노회한 외교관인 대사와 그 일행이 어찌 이런 뉘앙스를 모르겠는가! 하여 곁에 있던 수행원들이 발끈하려는 걸 손을 들어 자제시킨다.

오늘의 면담 요청은 사전에 어떠한 조율도 없던 일이다.

그리고 시차 때문에 컨디션이 좋지 않다는데 억지로 보자고 하면 역효과만 빚어진다.

오히려 내일이라도 만나준다면 고마운 일이다.

현수는 곧 휴전선 너머로 가야 한다. 건국을 선포하기 이전에 할 일이 얼마나 많겠는가!

세상에서 파악하고 있는 하인스 킴은 똑똑하고, 작사 작곡에 재능이 있으며, 돈만 엄청 많을 뿐이다.

Y—그룹 임직원들이 있기는 하지만 그들은 회사원이다. 다시 말해 새로운 국가 창설에 도움이 될 수 없다.

이처럼 아무런 기반도, 세력도 없는데 세계의 골칫거리였던 나라 하나를 완전히 바꿔야 한다.

기업을 예로 들자면 빚더미에 올라 망해가던 회사를 인수한 후 모든 경영진을 내보내고, 새로운 중역들을 적재적소에 앉혀 새롭고 완전한 조직을 구성해야 하는 일이다.

구조조정이 끝나고 안정기에 이르기까지 제법 긴 시간이 필요하고, 그 과정에서 적지 않은 진통을 겪게 된다.

일개 기업이 이럴진대 하물며 대한민국보다도 넓은 영토를 가진 국가를 바꾸는 일이 어떠하겠는가!

공산당 색깔을 지우는 것만으로도 벅찰 것이다.

70년 이상 끊임없이 인민들을 세뇌시켰다.

문신으로 치면 표피, 진피, 피하조직을 넘어 근육층 깊숙한 곳까지 잉크가 스며든 상태이다.

다시 말해 골수까지 공산당의 세뇌가 먹혀든 상태이다. 이런 것이 어찌 쉽게 지워지겠는가!

한국처럼 공화국 체재로 바꾼다고 하면 아마 온갖 혼란이 빚어질 것이다. 서로 자리를 차지하려는 아귀다툼을 벌이다가 이내 내전 비슷한 상태로 전개될 것이 뻔하다.

혼란을 틈탄 아귀다툼은 결국 건국과 동시에 패망하는 지름길로 가는 것과 같다. 따라서 일당독재를 하던 공산당 대신 국왕이 통치하는 편이 더 쉽게 접수하는 길이다.

둘 다 권력이 한 곳에 집중되는 사회체제이기 때문이다.

어쨌거나 당장에라도 왕국으로 가야 한다. 국왕이 없는 왕국은 많은 사건을 불러일으킬 소지가 많기 때문이다.

미국도 이러한 사실을 충분히 짐작한다. 그렇기에 바하마에서 곧장 평양으로 갈 것이라 예상했다. 그리고 그렇게 되면 제법 긴 시간이 지나도록 만날 방법이 없다.

건국 초기에 할 일이 얼마나 많겠는가! 게다가 대놓고 쇄국(鎖國)하겠다고 선언한 상태이다.

수교 되지 않았고, 건국 초기의 진통을 겪고 있는데 방문하겠다고 하면 보나마나 거절한다. 외교보다 내실을 다지는 것이 시급하기 때문이다.

여러 나라로 둘러싸여 있다면 방위 때문이라도 미국과의 우호관계를 우선시 할 수도 있다.

그런데 왕국 주변엔 그럴 국가가 없다. 러시아와 한국은 이미 우호관계이고, 지나는 소멸의 길로 접어들었다.

일본이 있기는 하지만 왕국을 도모하지는 못한다. 그랬다가는 러시아와 한국을 동시에 상대해야 하는 수가 있다.

막강한 재력을 갖춘 하인스 킴이 베일(veil)에 싸인 Y—인베스트먼트의 투자자들에게 한마디 하면 어떤 국가가 또 나설지 알 수 없다.

미국 정부는 많은 유태인들이 하인스 킴에게 전폭적인 지지를 보내고 있는 투자자인 것으로 파악하고 있다.

그러지 않고서 어찌 그처럼 무지막지한 수익률을 기록할 수 있겠는가!

따라서 왕국과 일본이 전쟁을 벌이면 자신들은 일본의 배후를 치는 임무를 수행해야 할 것이라 여기고 있다.

하여 어떻게든 사전에 접점을 만들려 노력하였다.

미국 국부펀드는 전년 6월 말 기준 2조 8,000억 달러였다. 그리고 2016년의 수익률은 겨우 1%이다.

만일 이 돈을 Y—인베스트먼트가 운용해준다면 수익률 5,000%가 꿈이 아니다.

다시 말해 2조 8,000억 달러가 140조 달러로 왕창 뻥튀기 될 수도 있는 것이다.

2017년 1월 현재 미국의 인구는 약 3억 2,500만 명이다. 140조 달러는 인구 1인당 43만 769달러에 해당된다.

모두에게 약 5억 원씩 나눠줄 수 있는 금액인 것이다.

따라서 CIA와 NSA를 비롯한 여러 정부기관들이 필사적으로 접근하려 했지만, 효과가 없었다.

바하마에서 대국하는 동안엔 당연히 만나면 안 된다.

무리하게 접근하여 시간을 빼앗았다가 다음 날 대국에서 패하기라도 하면 오히려 역효과가 난다.

미국 최대 스포츠 행사인 프로풋볼 결승전 슈퍼볼의 시청자 수는 약 1억 명이다. 그리고 2014년 월드컵 결승전은 독일과 브라질, 그리고 열혈 축구팬들만의 잔치였다.

반면, 알파고와의 대국은 세계인 모두의 관심사였다.

최소 40억 명 이상이 생중계로 지켜봤으니 어린아이를 빼곤 모두가 TV 또는 모니터 앞에 앉아 있었다는 뜻이다.

오죽하면 치열했던 전투까지 소강상태가 되었겠는가!

Chapter 09

미국대사 방문

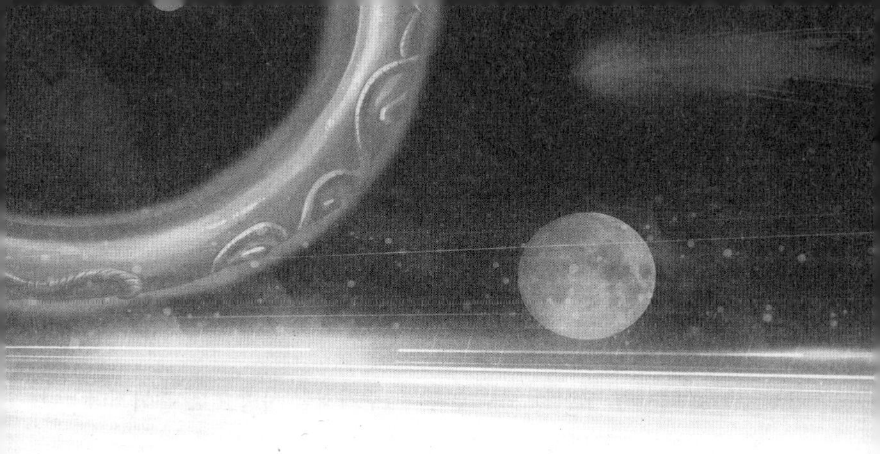

세계 각국의 모든 언론사들이 바하마에 집결했다. 그런데 알파고는 컴퓨터이다.

따라서 모든 이목이 현수에게 쏠릴 수밖에 없다.

아무리 조심스럽게 접근한다 하더라도 결코 언론의 이목에서 자유롭지 못한 상황이었던 것이다.

고도로 학습된 인공지능과의 대국은 정신집중을 요구한다.

따라서 매우 예민한 상태일 것이므로 절대로 컨디션에 지장을 주면 안 된다.

이러니 모든 대국이 끝난 후 비행기에 탑승하기 전까지밖에 시간이 없었는데 문제가 발생되었다.

워싱턴 DC를 중심으로 에이프릴 증후군이 삽시간에 번져 나가기 시작한 것이다.

아무런 징조도 없다가 느닷없이 뇌사상태로 발견되는 자들이 너무 많았다.

그때마다 주변인 모두 놀란 메뚜기처럼 사방으로 흩어진다. 혹시라도 전염될까 싶어서이다.

개중엔 일자리까지 팽개치고 멀리 떠난 이들도 상당히 많다. 돈보다 목숨이 더 중요하니 욕할 일은 아니다.

그런데 묘한 공통점이 발견되었다. 일반 서민은 거의 해당되지 않았다는 것이 그것이다.

뇌사자들은 현직과 전직 고위 공직자, 정치인, 언론인, 군인, 교수, 군수업체 임원 등이 망라되어 있다.

소위 사회 지도층 인사라 불리던 이들인 것이다.

나라의 브레인이라 칭해도 괜찮을 인재들이 쓰러지자 정부 조직과 과학자들은 전염경로 추적 및 뇌사 발생기전을 알아내기 위해 온 힘을 기울였다.

하지만 아무것도 밝혀진 바 없다.

그래서 발견 즉시 재빨리 격리조치를 취했는데 더 이상은 없다. 잔뜩 겁먹은 의료진이 진료를 거부했던 것이다.

알려진 바에 의하면 에이프릴 증후군 사망률은 100%이다. 인류가 경험했던 그 어떤 전염병보다도 치사율이 높다.

광견병	거의 100%
원발성 아메바성 수막염	97%
에볼라 출혈열	약 60%
흑사병(페스트)	50~90%
중동호흡기증후군(메르스)	약 40%

가장 치사율 높은 광견병은 예방백신이라도 있다. 반면 치사율 100%인 에이프릴 증후군은 아무것도 없다.

백신뿐만 아니라 치료제도 없고, 왜 걸리는지, 어떻게 진행되는지 전혀 알려진 바 없다.

뇌사상태인데도 부르르 떠는 이유도 알지 못한다.

딱 하나 알고 있는 것이 있다면 걸리면 죽는다는 것뿐이다. 그리고 이를 제일 잘 아는 무리가 의료진이다.

미국, 영국, 프랑스 등 세계 각국 의료진들은 수시로 한국의 지인들에게 연락하여 상황을 살피고 있다.

혹시라도 자그마한 난서라도 얻어걸릴까 싶어서이다. 하시만 별무소득이다. 다만 아래와 같은 정보는 취득했다.

한국은 이미 전 국민의 18% 정도가 목숨을 잃었고, 계속해서 사망자가 늘고 있다.

그 어떤 방호복을 걸치더라도 결코 안전하지 못하다. 의료진 중에서도 상당수가 전염되었고 얼마 못 가 사망했다.

어떤 경로로 어떻게 전염되었는지는 전혀 파악된 바 없다.

시신이 발생되면 최대한 빨리 소각해야 하고, 최대한 접근을 피해야 한다.

좋은 소식은 없고 최고로 경계하라는 경고만 있을 뿐이다.

당연히 겁을 집어먹을 수밖에 없다. 하여 진료는커녕 사직서 제출이 쇄도하고 있는 것이다.

그럼에도 미국 정부는 진료를 강요할 수 없었다.

의료진 중 하나라도 죽게 되면 아예 국가 의료체계가 한순간에 붕괴될 것이 자명하다. 일제히 진료에서 손을 떼고 안전한 곳을 찾아 떠날 것이기 때문이다.

이런 상황이 빚어지자 하인스 킴에 대한 접근을 중단케 했었다. 주변 인물 대부분이 한국인이기 때문이다.

한국은 에이프릴 증후군의 근원지이다.

혹시라도 전염되면 걷잡을 수 없을 정도로 빠르게 전파될 수도 있으니 일단 철수를 명했던 것이다.

그러는 사이에 현수는 비행기를 타고 출국해버렸다. 닭 쫓던 개 지붕 쳐다보는 상황이 된 것이다.

한국은 현재 죽음의 땅이다. 하여 그곳으로의 파견은 엄격히 통제되고 있다.

결국 대사에게 직접 접근해보라는 임무가 부여되었다.

곧 일국의 국왕이 될 신분인지라 CIA에서 파견한 무관 따위를 보낼 수는 없는 것이다.

아무튼 윌리엄 헤이스팅스 대사는 외무장관의 전화를 받고 이맛살을 찌푸렸다. 오산 공군기지에서 이륙하는 비행기를 타고 귀국하려던 참이었기 때문이다.

작년 초, 에이프릴 증후군이 폭풍처럼 번져갈 때 일시적으로 귀국한 적이 있다. 걷잡을 수 없는 상황이 되자 보호차원에서 복귀 명령이 내려졌던 것이다.

그러곤 꽤 오랫동안 본국에 머물러 있었다. 당연히 대사관이 폐쇄되었고, 영사업무도 멈춰진 상태였다.

그러다 김정은이 정권을 포기하고 공화국 전체를 하인스킴에게 헌납하겠다는 발표가 있었다.

골칫덩이 하나가 스스로 무장해제를 하겠다는 말이나 다름없었기에 일단은 환영했다.

진위를 알기 위해 다시 급파된 대사는 대사관 내에 머물면서 상황파악에 나섰다. 그런데 문제가 있었다.

자리를 비운 사이에 휴민트 라인이 모두 끊긴 것이다. 있던 자리에서 물러나 정보 접근이 어려운 정도가 아니다.

그 어떠한 국가 기밀이라 할지라도 거리낌 없이 전달해주던 자들 전부 불귀의 객이 되어버린 것이다.

하여 새로운 라인 구축에 나섰다.

그런데 난관에 봉착하게 되었다. 고위 공직자 전부가 전혀 협조적이지 않았던 것이다.

공직자들 사이엔 각종 정보뿐만 아니라 여러 소문이나 루머도 전해지고 있다. 최근엔 에이프릴 증후군을 앓다가 세상을 뜬 이들에 관한 소문이 가장 많이 전해지고 있다.

그중 하나는 친미, 친일, 또는 친지나 행적을 가진 자들 거의 전부 개고생하다 뒈졌다는 것이다.

부정부패와 연루되어 있거나 뇌물 수수, 또는 공직을 이용한 재물취득 등을 한 자들도 사망자에 포함되어 있다.

갑질을 일삼거나 부하직원들을 심하게 괴롭히거나 모멸감을 주었던 것들도 죽음을 피하지 못했다.

하여 현재의 공직자들은 1,000원 이상인 물품은 주지도 않고 받지도 않는다. 같이 식사하러 나가도 본인이 먹은 것은 반드시 본인이 지불한다.

결혼이나 장례 같은 애경사가 있어도 참석하지 않으며 십시일반의 의미였던 축의금이나 부의금도 내지 않는다.

그래서 결혼식과 장례식 분위기가 많이 바뀌었다. 가족과 가까운 3촌 이내인 친척들만 모여서 치르는 것이다.

어쨌거나 윌리엄 헤이스팅스 대사는 북한에 관한 변변한 정보를 취득하지 못한 상태로 지내고 있다.

그런데 하인스 킴이 덜컥 귀국했다.

본국의 요구에 부응하지 못해 마음이 급하던 차이기에 다짜고짜 방문하여 접견을 요청했던 것이다.

휴전선 이북에 이실리프 왕국이 건국될 것이라는 뉴스는

이미 전 세계에 보도된 내용이다.

세계 최고의 부자, 투자자, 천재, 음악가 등 여러 형용사로 묘사되는 인물이 왕위에 오를 것이니 근래에 보기 드문 대형 뉴스인 것은 당연한 일이다.

조만간 있을 왕국 선포는 초미의 관심사이다. 하여 모든 기자들이 파견 명령을 기다리고 있다.

많은 이들에게 북한은 미지의 땅이며, 공포의 땅이다.

일당독재가 70년 이상 이어져 온 곳이며, 폐쇄적인 국가 운영 기조가 이어져오던 곳이기 때문이다.

깡 좋게 세계 최강국인 미국조차 서슴없이 협박을 가하던 나라가 없어지고 그 자리에 새로운 왕국이 들어선다는데 어찌 궁금하지 않겠는가!

비단(非但), 언론만 그러하겠는가!

두 번에 걸친 대국은 수많은 사람들을 울리고 웃겼다.

쌈짓돈을 잃어 망연자실한 사람들과 졸지에 거금을 따서 인생 역전된 사람들 또한 건국 선포에 관심이 많다.

아무튼 휴전선을 넘어가면 한동안은 내려올 일 없다. 그러니 가기 전에 만나야겠다는 욕심이 눈앞을 가렸던 것이다.

하여 허겁지겁 천지건설로 왔는데 대놓고 딱지 맞은 셈이다. 처음엔 부아가 치밀어 욱할 뻔했다.

그런데 상대는 곧 국왕이 될 사람이다. 홧김이라도 척지면 좋을 일 하나 없다. 그렇기에 이내 신색을 되찾은 것이다.

이때 신일호의 말이 이어진다.

"내일 다시 오시라고 하는 이유는 여러 나라에서 접견 요청을 하기 때문입니다."

"아! 알겠소. 내일 오전에 다시 오지요."

윌리엄 헤이스팅스는 충분히 이해했다는 표정으로 대꾸하고는 일행과 함께 사라졌다.

얼마 지나지 않아 로비 안내 데스크를 거쳐 온 사내가 신일호 앞에 선다.

"안녕하시므니까. 일본국 대사 나까무라 쇼지이무니다. 킴 부사장님과 면담을 요청하니 기별해주길 바라므니다."

"아직 시차 적응을 못 하여서 오늘은 접견이 어렵습니다. 내일 오전 10시쯤에 다시 오시기 바랍니다."

"에…?"

나까무라가 그게 무슨 개소리냐는 표정을 지을 때 신일호의 말이 이어진다.

"방금 나가신 미국 대사의 접견도 내일로 미뤄졌습니다. 그러니 내일 다시 오십시오."

"에…?"

등을 보인 채 멀어지는 미국 대사 일행을 손짓으로 가리키자 나까무라의 시선이 잠시 옮겨간다.

잠시 후 알았다는 듯 고개를 끄덕인다. 미국 대사도 돌려보내는 상황이라면 더 말해봤자 소용없음을 눈치 챈 것이다.

"알겠스므니다. 내일 오전 10시에 다시 오겠스므니다."

나까무라 일행이 멀어지자 다시 엘리베이터에 올라타려던 찰라 뒤쪽에서 누군가 소리를 지른다.

"잠깐만! 잠깐만요."

"……?"

또 안내 데스크로부터 누군가 서둘러 다가오고 있다.

"헉헉! 가, 같이 가요."

닫히려던 문을 열고 사내들이 우르르 탄다.

"이 엘리베이터는 당사 임원 전용입니다. 누구시죠?"

"아! 나, 나는 청와대 정무수석 강인호입니다."

"누구에게 용무가 있으신지요?"

"하인스 킴 부사장님은 몇 층에 계신가요?"

"접견을 청하시는 거라면 오늘은 안 됩니다."

"네? 왜요?"

"시차 적응이 안 되셔서 컨디션이 매우 좋지 않습니다."

"……?"

고작 그런 이유로 청와대 정무수석의 방문을 거절하려느냐는 표정이다.

"방금 전 미국과 일본 대사의 면담 요청도 거절하셨습니다. 용무가 있으시면 내일 오전 11시에 다시 오십시오."

"……!"

이제 막 임기가 시작된 대통령의 정무수석은 날아가는 새도 떨어트릴 정도로 막강한 권력을 가졌다.

그런데 고작 시차 적응 때문이라니 기도 안 찬 모양이다.

"나, 청와대 정무수석이에요."

"네, 그런데 정무수석 아니라 대통령 본인이 오셔도 오늘은 안 됩니다."

"뭐라고요? 이…!"

뭐라 발작하려다 움직임이 멈춘다. 상대의 신분은 알 수 없지만, 물어보지도 않고 접견이 어렵다며 바로 차단했다.

아무래도 하인스 킴의 신임을 받는 최측근인 듯싶다.

그렇다면 왕국에서 중요한 자리를 차지하게 될 것이다. 따라서 얼굴 붉힐 일 생기면 결코 좋지 못하다.

새 정부와 왕국은 긴밀히 접촉해야 한다.

이산가족 면회와 이주, 국군포로 석방 및 유해 반환, DMZ 공동관리, 교역 등 얽힐 일이 상당히 많다.

새로 선출된 대통령은 임기 내내 왕국과의 관계 정립에 신경을 써야 한다.

국왕이 다스리는 인접국의 국제적 위상과 개인의 막대한 재산이 대한민국에 끼칠 영향력 때문이다.

이미 대한민국의 주거지 거의 대부분이 Y—Property의 소유가 된 상태이다. 게다가 상장사 주식은 얼마나 보유하고 있는지 가늠조차 되지 않는다.

증시에 거래되는 물량이 거의 없다시피 한 걸 보면 결코 적지 않은 것이라 예상될 뿐이다. 이 정도면 경제적으로 대한민국을 틀어쥐고 있는 것이나 마찬가지이다.

게다가 인류역사상 전무후무할 천재이다. 무협소설식 표현을 빌자면 고금제일천재인 것이다.

의학과 수학, 그리고 음악과 투자 분야는 증명되었다. 양파처럼 또 무엇에서 두각을 드러낼지 알 수 없다.

각종 암을 아무런 부작용 없이 말끔하게 치료해내는 파동치료기에 관한 소문은 이미 전 세계를 강타한 바 있다.

그 결과 의료계엔 비상이 걸렸지만, 환자와 그 가족들은 서둘러 킨샤사행 비행기 편을 알아보는 중이다.

덕분에 은질리 공항의 혼잡도는 이전의 10배가 넘었고, 시내 호텔은 매일 만원을 기록하는 중이다. 아울러 파동치료기가 있는 무톰보 병원엔 긴 대기 줄이 형성되었다.

이 장치는 하인스 킴이 직접 만들어낸 것으로 알려졌다.

생명이 얼마 남지 않은 말기 암까지도 말끔하게 회복시키는 기적을 보여주고 있다.

어느 날 정체를 알 수 없는 무장 괴한들이 급습이 있었다. 다행히 순찰 중이던 경찰과 교전이 벌어졌다.

이 과정에서 간호사와 의사가 각각 하나, 그리고 경찰관 둘이 목숨을 잃었다.

제압 후 괴한들이 뒤집어쓰고 있던 복면을 벗겨보니 모두 동양인이다. 이들 중 하나를 심문한 결과 장치 탈취가 목적이었고, 전원 지나인이었다.

대통령을 비롯한 정부 관계자 전원은 매우 분노하여 즉각 지나 대사를 초치하여 항의했다. 그런데 이때는 대홍수가 일어나 공산당 정부가 지리멸렬하던 상태였다.

다시 말해 항의할 대상이 없었던 것이다. 이에 정부는 모든 지나인들의 무조건적인 추방을 의결했다.

그러곤 가장 먼저 지나 대사 일행을 작은 보트에 태워 바다 밖으로 흘려보냈다. 이 배는 무동력선이다.

둥둥 떠다니다 죽으라는 뜻이다.

뒤를 이어 콩고민주공화국에 있던 지나인들을 찾아내어 모조리 추방하기 시작했다.

앙골라, 잠비아, 탄자니아, 부룬디, 르완다, 우간다, 남수단, 중앙아프리카공화국과의 국경 정글로 쫓아낸 것이다.

접경지 밀림에는 표범, 악어, 하마, 독사도 있지만 이보다 독거미 같은 곤충과 질퍽한 수렁이 훨씬 더 무서운 곳이다.

하여 식량을 충분히 소지하고 있더라도 목숨 부지하기가 결코 쉽지 않다. 이는 원주민도 마찬가지이다.

한편, 가에탄 카구지 내무장관은 파동치료기 보호를 위해 병원 주변을 24시간 지키라고 지시했다.

이에 대대병력이 파견되어 경계근무 중이다.

덕분에 주변의 치안이 거의 대한민국 수도 서울의 대로변 수준으로 개선되었다.

우측통행이 계도 되어 길 가다 부딪치는 사람의 수가 현저히 줄었고, 무단횡단은 찾아보기 힘들게 되었다.

아울러 자동차도 교통신호를 준수하고 있으며, 정지선 정차 개념도 점차 전파되는 중이다.

그리고 그 범위는 차츰 넓어지고 있다.

현재는 무톰보 병원을 중심으로 반경 500미터 정도가 안전지대로 형성되어 있다.

이는 파동치료기가 만들어낸 새로운 질서이다.

아무튼 하인스 킴은 세계 최고의 천재이다.

그 뛰어난 두뇌로 다른 분야를 파고들면 또 어떤 결과물이 만들어질지 가늠조차 되지 않는다.

비행하는 차를 만들 수도 있고, 로켓을 이용한 우주여행이 가능해질 수도 있으며, 깊디깊은 바닷속을 제집 드나들 듯 오갈 수도 있을 것이다.

모든 성인병을 치료하는 획기적인 의약품이 개발될 수도 있고, 늙지 않는 신약을 개발할 수도 있을 것이다.

각종 난치병이 정복될 수 있고, 지구를 괴롭히고 있는 온난화가 단숨에 해결될 수도 있다.

아무도 생각지 못했던 방사능 정화장치가 좋은 증거이다.

어쨌거나 대한민국이 그에 대한 낙수효과라도 누리려면 무조건 우호적이어야 한다.

한국만 파동치료기가 도입되지 않거나, 전고체 고성능 배터리가 들어오지 않는 등의 일이 생기면 어떻겠는가!

따라서 나는 새도 떨어뜨릴 권력을 지녔다는 청와대 정무수석이라 할지라도 감히 심기를 거스르면 안 된다.

"알겠습니다. 내일 다시 오죠."

"잘 생각하셨습니다."

신일호는 시니컬하게 대꾸했다.

한국의 그 어떤 권력도 전혀 두렵지 않다는 태도에 정무수석은 남몰래 안도의 한숨을 쉬었다.

하마터면 큰 실수를 할 뻔했음을 자각한 것이다.

지금 이 자리는 대통령의 지시를 받아 왔다.

대한민국과 이실리프 왕국은 인접국이다. 따라서 건국 선포 이전에 사전 조율할 사항들이 상당히 많다.

휴전선을 사이에 둔 대치 상태를 어찌 풀 것이며, 상호불가침은 어떤 조건이 붙을지, 북한이 보유하고 있던 핵무기와 생화학 무기의 처분은 어떻게 해야 할지, 상호간의 교역은 어떻게 진행할지 등이 충분히 상의되어야 한다.

아울러 이산가족 상봉 방법에 대해서도 심도 있는 논의가 필요하고, 납북어부와 국군포로 석방도 이야기되어야 한다.

내친김에 철도 연결 및 러시아에서 공급받게 될 원유와 가스 파이프라인에 관한 것도 사전에 정해야 한다.

따라서 지금이라도 흉금을 털어놓는 대화를 통해 어느 정도 양해를 구해놓아야 한다. 그렇지 않으면 통한의 후회가 되거나, 걸림돌이 될 수도 있다.

그러고 보면 한국보다 왕국이 양보하거나 포기할 것이 많다. 따라서 어느 정도 Give & Take가 되어야 한다.

아무것도 주지 않으면서 일방적인 희생만 요구하면 좋았더라도 틀어지는 것이 국제관계이기 때문이다.

군사력 분야에서 한국이 왕국을 압도한다 생각하고 힘으로 어째보려는 것은 미련한 짓이다.

그랬다가는 진짜 불바다를 경험하게 될 것이기 때문이다.

그보다는 하인스 킴의 무지막지한 금력 때문이라도 그러면 안 된다.

1992년 9월 최악의 유럽 통화위기가 발발했다.

이때 조지 소로스는 가용할 수 있는 모든 자금을 동원해 연일 파운드화 매도 주문을 냈다.

이에 영국 중앙은행인 영란은행은 어떻게든 지켜보려 분투했다. 하지만 소로스 세력은 너무나 강했고, 집요했다.

결국 영국은 유럽통화제도(EMS) 중심기구인 환율조절 메커니즘(ERM)에서 전격 탈퇴한다는 선언을 해야 했다.

이때 소로스 펀드의 수익률은 68.6%였는데 이는 영란은행 금고에 쌓여 있던 영국의 국부(國富)였다.

한편, 현수의 개인재산은 약 2조 8,863억 달러이다. 참고로, 지난해 10월 하순엔 약 1조 달러였다.

이는 현수와 도로시가 콜옵션과 풋옵션의 포지션을 반대

로 잡은 결과이다. 다시 말해 도로시가 일부러 거액을 잃어준 결과 개인재산이 왕창 늘어난 것이다.

그렇다 하여 도로시가 운용하는 자금이 줄어든 게 아니다.

The Bank of Emperor의 자금은 257조 8,545억 달러를 상회한다. 참고로, 지난 해 10월 26일엔 185조 1,121억 달러였다. 무려 72조 7424억 달러나 늘어난 것이다.

한화로 8경 5,526조 8,768억 원인데 이는 2017년 대한민국 국가 예산의 약 237.5배에 해당된다.

세금 없이 국가를 237.5년간 운영할 금액을 불과 3개월 남짓한 기간 동안 벌어들인 것이다.

가장 큰 소득은 지나 공산당 당원 및 기업들이 보유하고 있던 금융자산을 남김없이 빨아들인 결과이다.

이밖에 1차와 2차 대국에서 상당한 금액을 딴 것도 포함되어 있다. 각국 증시를 통한 수익도 결코 적지 않다.

영국을 굴복시켰던 조지 소로스와 그와 결탁했던 세력들이 동원한 금액은 약 1조 달러인 것으로 추산되고 있다.

한국은 영국보다 경제 규모가 작다.

그런데 현수 개인재산이 국가 예산 총액보다 훨씬 많다.

만일 이 돈으로 대한민국을 또 한 번 외환위기에 빠뜨리면 어찌 되겠는가!

현재의 대한민국은 외환 채무가 거의 없다. 그럼에도 IMF에 손을 내밀 수밖에 없는 상황을 만들 수 있다.

현수가 국내에 들어와 있는 투자금을 회수함과 동시에 모든 상장사를 폐업하게 하면 무슨 일이 빚어지겠는가!

이렇게 되면 상장하지 않은 중견기업과 중소기업들까지 도산 내지 부도를 심각히 고려하게 된다.

그러면 일주일도 지나지 않아 수없이 많은 백수들이 한강 수온을 측정하려는 마음을 먹게 된다.

대한민국은 현재 경제 전체가 완전히 장악된 상태이다.

하여 겉보기엔 아무런 권력이 없는 것 같아도 현수는 대통령도 어쩌지 못할 반열에 올라 있다.

좋게 해줄 수도 있지만, 초강력 몽니를 부려 나라를 완전히 망하게 할 수도 있는 위치이다.

어쨌거나 대통령은 하인스 킴을 높이 평가하고 있다. 가진 재산만으로도 이미 국가가 어쩌지 못할 정도이기 때문이다.

그래서 사전에 만나 이런저런 이야기를 해보기 위해 정무수석을 보낸 것이다.

그러면서 절대로 정중함을 잃지 말라고 당부했다. 그런데 분란만 일으키고 가게 되면 어떻게 되겠는가!

아마도 새로 수립된 정부에서 가장 먼저 내쳐지는 신세가 될 수도 있을 것이다. 다행히도 그런 일은 빚어지지 않을 모양이다. 정무수석은 정중히 예를 갖추고 물러났다.

신일호는 말없이 배웅했을 뿐이다.

얼마 지나지 않아 다른 나라 대사들의 접견 요청이 빗발치기 시작했다. 새로 건국되는 왕국과의 수교를 타진하기 위함이다. 하지만 거의 대부분 정중히 거절되었다.

다만 러시아, 우크라이나, 벨라루스, 콩고민주공화국, 그리고 몽골엔 기별이 갔다. 조차지를 제공하거나 병합을 원하는 등 각별한 사이이니 당연한 일이다.

이들에게 보내진 초청장엔 평양으로 정중히 초대한다는 내용이 담겨 있다.

대한민국은 대통령을 만나 직접 전해줄 예정이다.

아직 본격적인 개발이 시작되기 전이라 평양에 발을 들여놓을 수 있는 것이다.

* * *

"내가 깜박 잊고 말 안 한 게 있어."

"네! 말씀하세요."

조인경은 얼른 다이어리를 펼쳐든다.

"주거지 임대하는 거 말이야. 매입 후 기존 거주자에게 임대하는 방식을 취하지?"

"네! 블랙리스트에 등재된 사람들은 빼고 그렇게 하고 있어요."

"32평 아파트가 보증금 320만 원에 월세 32만 원이고, 관리비 16만 원이지?"

"네! 24평은 240에 24, 그리고 관리비 12만 원이에요."

"그럼 10평짜리는 보증금 100에 월세 10, 그리고 관리비 5만 원이겠네."

"네. 평수에 따라 그런 식으로 보증금 및 월세, 그리고 관리비가 책정되어 있어요. 노후한 곳은 그보다 저렴하고요."

"블랙리스트에 등재된 사람들이 살았던 거는 어떻게 해?"

"그런 집들은 다른 아파트나 빌라, 연립주택 같은 곳에 사시던 분들에게 기회를 드리고 있어요."

"좋아! 그러면 집이 없던 세입자들은 어떻게 하지?"

"집주인에게 매입 후 그냥 계속 살 수 있도록 해요."

"그럼, 생활보호대상자나 차상위 계층은 어때?"

"영등포에 쪽방촌이라는 곳이 있다는 거 혹시 아세요?"

"평균 6㎡ 정도 되는 작은 방 말하는 거지?"

실제로는 이보다 좁은 방들이 많다.

방금 언급된 1호선 영등포역 옆에 위치한 쪽방촌의 방들은 채 1평이 안 되는 것이 많다.

참고로, 한 평은 가로세로 1.8m 정도이며, 넓이 3.3㎡이다.

여기에 살림에 필요한 이런저런 짐이 있다면 성인 남성 한 명이 간신히 누울 수 있는 공간만 나오는 수준이다.

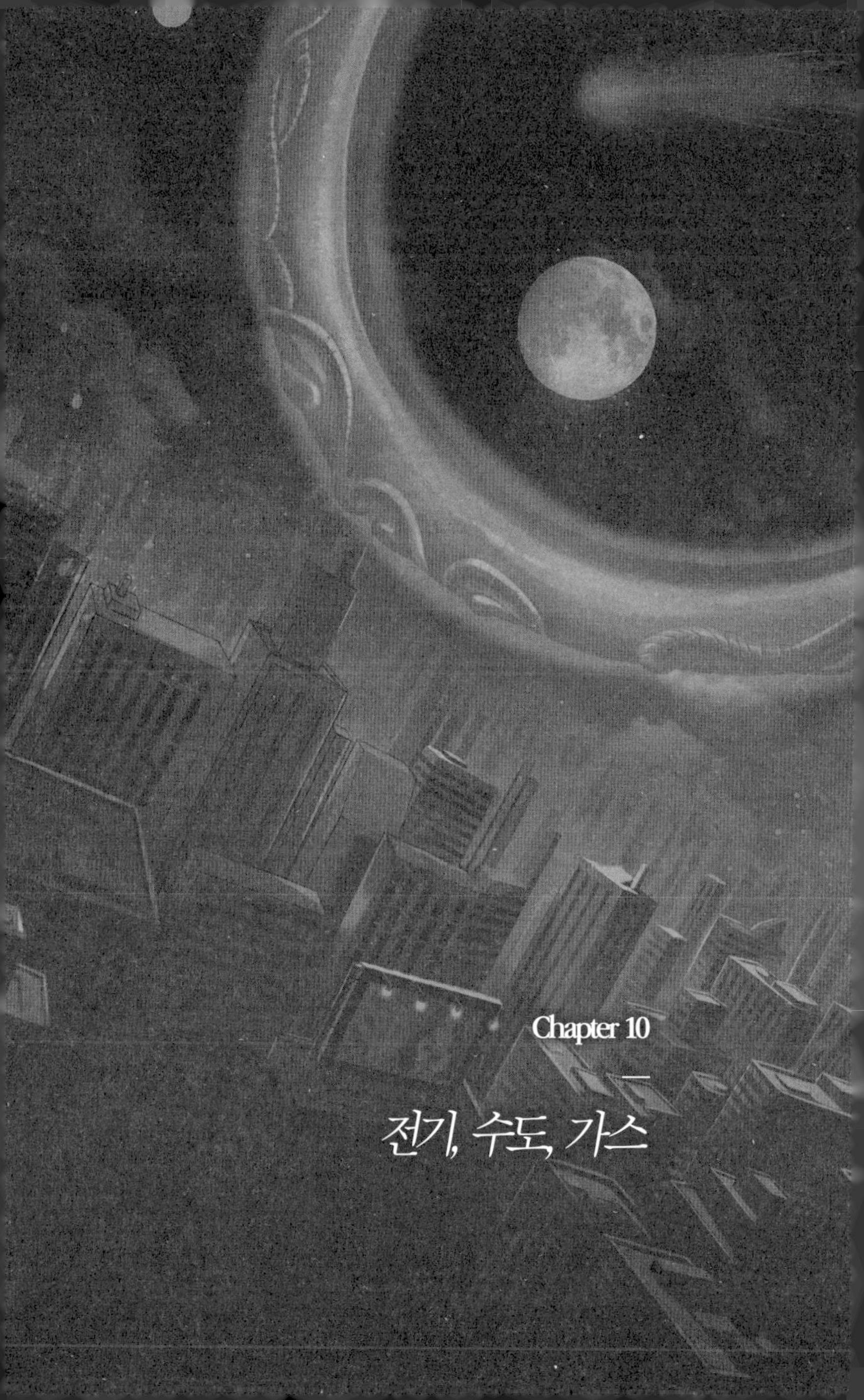

Chapter 10

전기, 수도, 가스

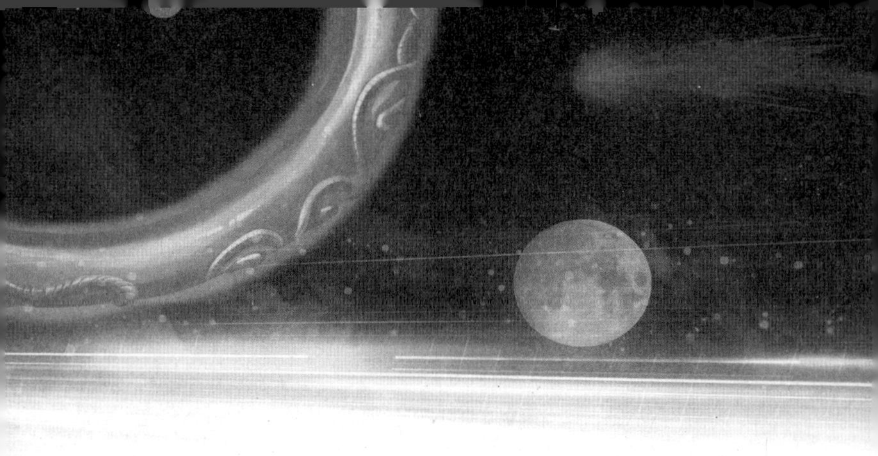

“네! 보증금 없이 월세로 운영되는 것이 일반적인 곳이죠.”

“빈민촌이나 달동네 같은 곳에 그런 주거형태가 많지?”

“잘 아시네요.”

“그래! 근데 그거 월세는 대략 어느 정도야?”

“영등포동, 창신동, 동자동, 돈의동 등의 쪽방촌은 월에 25만 원 정도예요.”

“거기 거주하는 사람들의 연령은?”

“55세가 젊은 축이고 80살 넘은 사람도 많아요.”

“거주민 인원은?”

"오늘 현재 3,317명이에요."

"엄청 많네. 주로 어떤 사람들이 사는 거야?"

"대부분 어려운 삶을 사는 사람들이죠."

"그래, 그런 건 충분히 짐작 돼. 그중 가장 어려운 사람들은 누구고 얼마나 되는 거야?"

"40% 정도는 기초생활수급자예요. 그중 45%는 홀몸 노인과 장애인이구요."

"아무 재산이 없는 사람들이겠네."

"맞아요. 부동산은 제로고, 금융자산도 거의 없죠."

"그런 사람들에게 나라에서 주는 돈 있지?"

"네, 생계, 의료, 주거, 교육 및 기타 현물 지원을 받아요."

"좋아, 그 수급자에게 나라에서 주는 돈은 얼마나 되지?"

"월 45만 원이에요."

"겨우? 거기서 월세 25만 원 내고 나면 20만 원만 안 남는데 그걸로 어떻게 살아온 거지?"

"그래서 고철이나 폐지 줍고 있어요."

"계절에 상관없이?"

"네! 비 오는 장마철이라고 안 먹고, 추운 겨울이라고 나라에서 돈 더 주는 거 아니니까요."

"조금 전에 80 넘은 사람도 있다고 했지?"

"네! 그분도 똑같이 그래요."

"헐! 그 나이에…?"

"그래서 문제죠. 아무도 돕지 않으니 자력갱생해야 해요."

"끄응! 거기 위생은 어때?"

"세면장과 화장실을 공용으로 쓰니 당연히 문제가 많죠."

"그것도 문제네."

"게다가 절도, 성범죄 등 범죄가 빈번하고, 홍수나 장마 때는 물이 차오르는 등 최악의 주거시설이에요."

이뿐만 아니라 언제든 화재가 일어날 만한 곳들이 많다.

여름엔 찜통이고, 겨울엔 냉골이다.

에어컨은 당연히 없고, 선풍기와 전기장판이 있어도 전기요금이 무서워 사용하지 못하는 경우가 대부분이다.

"근데 그 사람들은 이주 안 시켜?"

"누가요? 나라에서요? 아님, 우리가요?"

"우리가!"

"Y-Property는 쪽방촌 주민들을 인근 원룸이 비워지면 우선적으로 보내고 있어요."

"그래? 잘하고 있네. 그거 월세는 얼마나 받아?"

"기초생활수급자와 차상위 계층 모두 월 1만 원을 받고 있어요. 관리비는 면제해줬고요."

주거비가 1만 원이라는 뜻이다.

월세 내고 겨우 20만 원만 쓸 수 있던 게 44만 원으로 늘어났다.

여전히 적은 금액이기는 하지만 쓰던 돈이 2배 이상이 되었으니 당장은 괜찮을 듯싶다.

"오! 그랬어? 잘 했네. 그 사람들 전기, 수도, 가스요금은 어떻게 하고 있어?"

"현재는 50%를 지원해주고 있어요."

"그래? 최종적으론 어떻게…?"

"여유가 생기면 최대 90%까지 보조해주려고요."

"에고, 그 여유가 언제 생길 줄 알고."

"그럼 어떻게 할까요?"

"그냥 지금부터 90%를 지원해줘."

"네? 진짜요?"

흔히들 하는 말이 있다.

'배려가 계속되면 권리로 알게 된다'는 것이 그것이다. 이를 살짝 바꿔 '배려가 계속되면 호구가 된다'는 표현도 있다.

그래서 배려는 상대가 확실히 인식하게 하는 편이 낫다.

그러지 않고 그냥 배려하는 것이 습관처럼 굳어지면 자칫 도덕적 해이가 우려된다.

이를 당연한 것으로 알게 되면 고마운 걸 모른다. 게다가 더한 것을 요구하는 뻔뻔함까지 갖게 되는 것이다.

배려해주는 사람 입장에선 어처구니없는데 혜택을 받아온 사람은 왜 안 해주느냐며 입술을 삐죽인다.

때로는 화를 내기도 한다.

이쯤 되면 차라리 아무것도 배려하지 않았던 것이 낫다. 둘 다 서로에게 원망하는 마음을 갖게 되기 때문이다.

똑똑한 조인경이 어찌 그를 모르겠는가!

이런 사태가 빚어지기 전에 확실하게 배려하고 있음을 인식시켜 고마운 마음을 갖게 하였거나, 아예 처음부터 무관심하게 지냈어야 한다.

현재는 약간 고마운 마음을 갖고는 있다. 그럼에도 나라에서 해주는 것으로 알고 있는 이도 상당히 많다.

그래서 국가에서 베푸는 혜택을 왜 너희들 마음대로 결정해서 이리 가라 저리 가라 하느냐고 하고, 이보다 더 좋은 집을 내놓으라는 사람도 있다.

게다가 보조금을 더 내놓으라고 생떼를 부리기도 한다.

참으로 어이없는 노릇이지만 도로시를 통해 그런 혜택을 주라는 지시가 있었다고 하기에 따르고 있다.

그렇지만 이게 확실한 지시였는지 여부를 따져 물어볼 생각이었다. 다만 기회가 없었을 뿐이다.

어쨌거나 인경은 다소 걱정스러운 표정이다. 밑 빠진 독에 물 붓기나 마찬가지라 생각하고 있었던 것이다.

주민센터에 근무하는 공무원들을 붙잡고 누가 제일 일하기 어렵냐고 물으면 아마 사회복지담당을 바라볼 것이다.

어느 8년차 의사가 털어놓은 '환자에게 말 못 할 12가지 비밀' 이라는 커뮤니티의 게시글 중에 그 내용이 있다.

12가지 중 하나는 알코올중독자에 관한 것인데 '죽기 전에 끝나지 않는다' 는 내용이다.

그다음은 '기초수급자만 보면 치가 떨린다. 병원에 와서 개판 치는 사람들을 보면 거의 다 수급자' 라는 것이다.

자세한 이유는 밝혀놓지 않았다.

물론 전부가 그런 것은 아닐 것이다.

다만 풍요로운 사람들보다 사회에 불만이 많아서 일부가 그랬을 것이다.

15년 전 공익요원으로 동사무소에서 근무했던 어떤 이는 뼈저리게 느낀 바가 있다면서 게시글을 남겼다.

그중 생활보호대상자와 장애인, 그리고 노인에 대해 다음과 같이 표현해 놓았다.

정말 인간의 끝을 보여주더군요.

참, 인간의 끝이 아니라 그냥 패고 싶을 정도의 동물이죠.

담당 직원분은 정말 그 당시에도 생불(生佛) 같더군요.

뭔 동사무소가 지들 안방도 아니고 매일 와서 개소리에 생지랄 염병을 하는 걸 보면 정말….

별의별 사례가 다 있는데 심지어 말이 안 먹히니 그 자리에서 오줌 싸고, 똥을 지리더군요.

동사무소 직원들 괴롭히는 걸 낙으로 알고 종 부리듯 했어요.

지원 물품 나오면 아귀들의 싸움이 따로 없습니다.

정말 그때 기억이 생생합니다.

가난하다고 선하고 착한 게 아니라 더 악질적이고 피폐한 동물이 된다고 생각했습니다.

다소 두서없는 글이지만 내용은 확실히 인식된다.

가난하다고 다 착하지 않다는 말에는 전적으로 동의한다. 부자라고 다 나쁜 놈이 아닌 것과 마찬가지이다.

그중 일부가 전체에 대한 평가를 개판으로 만드는 것이다.

가난하지만 선한 사람이 압도적으로 많을 것이고, 부자지만 인성 글러먹은 것들 또한 많을 것이다.

어쨌거나 현수가 누구인가!

누구든 배려를 권리라고 주장하고, 거꾸로 호구 잡으려고 덤벼들면 강력한 철퇴를 내린다.

뻔뻔스럽고, 후안무치하며, 욕심만 많은 아귀 같은 것들에겐 처해 있는 상황을 떠나 깊디깊은 나락을 선물할 충분한 능력을 갖추고 있다.

공익요원이 경험한 것처럼 법과 질서, 사회 통념 등을 무시하고 생떼 또는 난동을 부리거나 지랄 염병을 떨면 없던 장애도 만들어줄 수 있다.

아가리를 함부로 놀려 욕설을 퍼붓던 것은 벙어리가 되게 하고, 주먹질이나 발길질을 함부로 하던 것은 아예 손목이나 발목을 잘라버릴 수도 있다.

제 뜻대로 안 된다고 아무 데나 앉아서 똥오줌을 본다면 장루(腸瘻)[20] 를 달게 하거나 아예 앉은뱅이가 되게 하여 다시는 돌아다닐 수 없도록 할 수도 있다.

모두가 이용하는 공공시설 복판에 자빠져서 지랄 염병을 떨면 관 속으로 직행시킬 수도 있다.

그 결과는 당연히 영혼 말살이다. 하여 인경의 우려스러운 표정을 보고도 말을 잇는다.

"현재 수급자 수는 얼마나 되지?"

"통계론 약 150만 명으로 잡혀 있어요."

"그래? 상당히 많네."

"그래요. 근데 그것보다 훨씬 더 많아요."

"응? 왜…?"

"예를 들어 자식에게 버림받았어도 그 자식이 있다는 이유로 수급자가 못 되는 경우가 많아서 그래요."

"그래? 그럼 그런 사람들까지 포함하면 얼마나 될까?"

"도로시 비서실장이 보내온 자료에 의하면 총 237만 7,614명

20) 장루(腸瘻) : 대변 배설에 문제가 생겼을 때 수술을 통해 대변을 체외로 배설하기 위해 복벽에 구멍을 내어 만든 인공항문

이라고 해요."

"허어! 그렇게나 많아? 엄청 많네."

"네. 많은데 더 늘어날 거라고 하더군요."

"그건 또 왜? 경기가 안 좋아서?"

"그것도 이유지만 노령화 현상 때문이래요. 현직에서 은퇴는 했는데 모아놓은 재산이 없는 경우가 꽤 많거든요."

"국민연금 이런 거 안 받아?"

"못 받는 사람도 있고, 자식들 교육과 혼인 등에 본인 재산을 다 써서 빈털터리가 되는 사람도 많아요."

"그래, 그렇겠어."

현재의 부모 세대는 본인의 부모를 봉양하면서 자식을 키워야 했다. 조부모까지 모신 집도 상당히 많을 것이다.

그런 와중에 아파트라도 한 채 장만하려 했다면 돈 모으기가 힘들었을 것이다.

월급 받으면 대출금부터 내야 했기 때문이다.

그러다 장성한 아들, 딸이 분가하면 그 아파트를 담보 잡혀 전세자금이라도 만들어주려는 것이 부모이다.

그럼에도 사업자금이 필요하다면서 수시로 손을 내민다.

부모된 마음에 어떻게든 도와주려 했을 텐데 이는 본인 노후를 포기함이며, 뼈를 깎아주는 것이나 마찬가지였다.

그런데 은퇴했다. 수입은 딱 끊겼는데 대출금과 이자는 계속 납부해야 하고, 생활비도 필요하다.

게다가 웬 놈의 기념일이 그리도 많으며, 집안 행사도 많다. 아울러 경조사비 지출이 본격적으로 시작된다.

자식들 결혼으로 생긴 사돈들에게 가끔 체면치레를 해야 하고, 손주 장난감, 유모차, 유치원비 등을 지원하기도 한다.

모두 다 적지 않은 돈이 들어가는 일이다. 연금을 받아도 힘든 생활이 되는 것이다.

참고로, 2016년 12월 말 기준 국민연금 최고 수급액은 채 200만 원이 못 된다.

연금 수급자 수는 410만 6,600명이었는데 월 평균 수급액은 고작 35만 4,763원이다.

국가에서 기초생활수급자에게 지급하는 45만 원에도 미치지 못하는 금액이었던 것이다.

은퇴 후엔 돈이 있었더라도 차츰 잔고가 줄어든다. 그런데 병원비며 약값 등이 더 많이 필요해진다.

점점 가난해질 수밖에 없는 상황이 되는 것이다. 그러니 기초생활수급자 수가 점점 늘어날 수밖에 없다.

대책이 필요하지만 이전의 정부는 하는 일이 전혀 없었다.

사람들은 새 정부에 기대를 걸지만 잡음 없는 분배는 난제 중에서도 난제이다.

혜택을 받는 이들은 더 많은 걸 원하는데 정작 세금 내는 사람들은 그런 퍼주기 행정을 혐오하기 때문이다.

모두가 납득하고, 모두가 찬성하는 행정은 절대로 존재할 수 없으니 새 정부가 어찌 풀어나갈지 두고 봐야 한다.

그런데 그때까지 어떻게 기다리겠는가! 새 제도가 만들어지고, 정착할 때까지 얼마나 긴 시간이 필요한지 알 수 없다.

그러기 전에 굶어 죽을 사람들이 얼마나 많겠는가! 그러니 능력 되는 현수가 나서려는 것이다.

"그런데도 다 지원해요?"

"많기는 하지. 그래도 어쩌겠어?"

"에? 237만 명 전부를 그렇게 해주라고요?"

"수급자는 그렇게 하고, 차상위 계층은 50%만 보조해줘."

차상위 계층은 기초생활수급자보다는 수입이 많거나 재산이 있는 계층이다.

가구 소득이 최저생계비의 120% 이하인 잠재적 빈곤계층이다.

1인 가구 82만 6,466원, 2인 140만 7,225원, 3인 182만 458월, 4인 223만 3,690원이 차상위 소득 선정기준이다.

형편 넉넉하지 못한 걸 극복할 수 없는 수입이다.

"에? 차상위 계층도요?"

"응! 어렵게 살고 있잖아."

"그래도 그건 정부에서 할 일 아닌가요? 우리 Y—Property는 이익을 추구하는 법인이잖아요."

전적으로 맞는 말이다.

그런데 가난은 나라님도 구제하지 못한다는 말이 있다.

자본주의 사회는 소득불균형 및 양극화 현상을 절대로 벗어날 수 없다.

이를 해소할 수 있는 것이 균형 잡힌 소득분배인데 이는 정말 난제이다.

어쩌면 현수가 풀어냈던 7대 난제보다 어려울 수 있다. 이를 확실하게 해결한 국가가 하나도 없다는 것이 방증이다.

어쨌거나 현수는 대한민국 국민이 아니니 나라님이 될 수 없다.

그런데 가진 건 역사상 가장 많은 재산을 가졌던 나라님들을 훌쩍 뛰어넘는다.

미국 시사주간지 타임과 유명대학 경제학과 역사학과 교수들이 연구하여 발표한 순위에 의하면 1위는 아프리카 말리 왕국의 왕이었던 만사 무사(Mansa Musa)이다.

1312년부터 1332년까지 통치했는데 당시 전 세계 황금의 70%, 소금의 50%를 생산하는 왕국의 왕이었다.

문제는 당시에 생산된 양이 얼마인지 알 수 없다는 것이다. 따라서 만사 무사의 정확한 재산 또한 알 수 없다.

다만 2위인 로마의 황제 아우구스투스보다 많을 것이라는 것이 학자들의 추측이다.

아우구스투스는 율리우스 카이사르가 암살된 후 유언을 통해 후계자가 된 사람이다.

그의 재산은 현재 기준으로 약 4조 6,000억 달러로 추산된다. 약 5,408조 원이다.

그런데 현수와 도로시가 가진 것을 합치면 260조 7,400억 달러를 상회한다.

이를 전액 연리 2%짜리 예금으로 예치하면 이자만 5조 2,148억 달러이다. 한화로 6,131조 3,011억 원이다.

1년 이자만으로 역사상 세계 2위였던 아우구스투스의 재산을 훌쩍 뛰어넘는 것이다.

여기에 아공간에 담긴 금과 은, 그리고 각종 보석 등이 있다.

가치를 헤아리기 어려울 정도로 정교한 세공품과 각종 원자재는 포함되지 않은 금액이다.

이것까지 합산하면 최소 1,000조 달러는 넘을 것이다. 한화로 117경 5,750조 원에 해당된다.

한편, 로스차일드 가문의 재산이 5경 7,400조 원이라는 낭설이 있다.

그런데 117경 5,750조 원은 연리 2%짜리 예금이자만 2경 3,515조 원이다.

1년 이자가 로스차일드 가문 전체가 가진 재산의 절반 정도이다.

따라서 이 세상 어느 누구도 감히 비벼볼 수조차 없을 정도로 부자인 것이다.

그런데 매 순간순간마다 그 액수가 늘어나고 있다.

도로시는 디지털계의 신이고, 절대로 실패할 수 없는 투자를 하고 있다.

지구의 역사를 모두 알고 있으니 언제, 어디서, 어떤 일이 빚어질지 훤히 꿰고 있다.

아울러 그로 인한 파급효과가 어느 곳에, 어느 정도로, 언제까지 지속되는지도 잘 알고 있다.

따라서 도로시에게 있어 투자란 땅 짚고 헤엄치는 것, 또는 누워서 떡 먹는 것보다 훨씬 더 쉬운 일이다.

마음만 먹으면 언제든 전 세계의 모든 상장기업들을 사들일 수 있다.

식량과 원유뿐만 아니라 모든 공산품까지 거머쥘 수 있으니 당연한 일이다.

고금(古今)은 물론이고, 전무후무할 부자가 현수인 것이다.

뿐만 아니라 대지의 여신인 가이아와 전쟁의 신 데이오로부터 막강한 신력을 부여 받은 바 있다.

깨달음을 얻으면 바로 신이 되는데 아직은 인간으로 살고 싶어 깊은 고찰을 하지 않을 뿐이다.

이럴 경우 수명이라는 것이 존재하지 않게 된다. 진시황이 그토록 꿈꾸던 불로장생이 꿈이 아닌 것이다.

뭐, 하긴 현재에도 수명이 5,000년이다.

앞으로 2,000년 이상, 정확히는 2,038년 11개월 동안 무병장수할 예정인 것이다.

언젠가 신이 되더라도 인간으로서 살아볼 만큼 살아보고 난 후에 그리되겠다고 마음먹고 있다.

어쨌거나 현수는 전무후무할 부자이다.

"알아! 그래도 그냥 그렇게 추진해봐."

차상위 계층이 중산층으로 발돋움하게 되면 국력이 튼튼해지고 사회 분위기가 밝아지기에 하는 말이다.

조인경은 현수가 한국전력과 한국가스공사의 실질적 소유주라는 것을 알지 못한다.

전기와 가스는 취사, 조명, 동력, 그리고 난방과 냉방 등에 필요한 에너지원이다.

그리고 상하수도보다 요금을 많이 지불해야 하는 에너지원이다.

그런데 조만간 이실리프 왕국으로부터 대량의 전기가 지속적으로 공급될 예정이다.

마법이 적용된 핵융합발전은 수력, 화력, 그리고 원자력 발전보다 훨씬 저렴한 비용으로 전기를 생산해낸다.

이를 한국전력에 파는 형식으로 제공할 생각이다. 한국이 왕국에 편입되기 전까지는 발전설비를 들여놓지 않는다.

언제, 어디서, 어떤 놈이, 돈을 얼마나 받고, 누구에게 국외로 기밀을 누설할지 알 수 없는 때문이다.

소 잃고 외양간 고치는 것보다 그러기 전에 완전한 방범 태세를 갖추는 편이 훨씬 낫다.

외양간을 튼튼히 짓거나, 든든한 시건장치를 달아놓는 등의 조치를 취할 수 있을 것이다.

그럼에도 도난을 완전히 방지했다고 할 수 없다. 언제 어떤 놈들이 침입할지 알 수 없는 때문이다.

소를 잃어버리지 않는 가장 좋은 방법은 처음부터 소를 키우지 않는 것이다. 없는데 어찌 잃어버리겠는가!

그렇기에 미래기술과 마법 등이 결합된 핵융합발전설비를 대한민국에 들여놓지 않으려는 것이다.

현수의 핵융합발전은 발전비용이 거의 안 든다.

3중 수소가 필요하여 해안 어딘가에 있을 것이라 예상하겠지만, 세인들의 상식을 깨는 깊은 산속, 또는 지하에 매설하여도 된다.

반중력 마법이나 반물질을 이용하면 공중에 설치해도 되고, 아예 바닷속에 들여놓아도 된다.

어디에 설치하든 필요한 원료나 소모성 부품 등을 포탈 마법진을 통해 공급받고, 기기 점검 및 수리는 전담 휴머노이드가 맡는다.

마법을 걸어 놓으면 보이지도 않으니 도난 우려가 전혀 없다. 그럼에도 왕국이 아닌 곳에는 절대로 설치하지 않는다.

세상의 모든 화력, 수력, 원자력 발전소를 완벽하게 대체할 수 있음에도 그래 줄 하등의 이유가 없는 때문이다.

마법뿐만 아니라 정령의 능력 또한 적용되어 있는 이상 지구가 아무리 발전해도 절대로 나올 수 없는 것이다.

이걸 공유해달라고 하면 그건 과욕이다.

한편, 송전은 상온초전도 물질이 사용된다. 따라서 전력 손실이 없다.

만들고 보내는데 거의 돈이 들지 않는 것이다.

한전은 이렇게 공급된 전기에 유지 및 보수 등에 필요한 최소 비용만 추가하여 기업과 가정에 공급하게 된다.

그래서 요금이 현재의 30% 수준으로 떨어지게 된다.

전기요금이 월 10만 원이었던 가정이라면 3만 원 정도만 납부하면 된다.

참고로, 현재의 한전은 용도별 차등요금제를 시행하고 있다.

주택용, 일반용, 교육용, 가로등용, 산업용, 농사용으로 구분하고 있는 것이다.

용도별 평균 공급단가는 아래와 같다.

종별	적용범위	평균 판매 단가
주택용	일반주거용(심야포함)	103.38원/kWh
일반용	공공, 영업용	98.93원/kWh
교육용	학교, 박물관	87.23원/kWh
가로등	가로·보안등 용	81.13원/kWh
산업용	광업, 공업용	76.63원/kWh
농사용	농업, 어업용	42.64원/kWh

보다시피 주택용이 가장 고가로 공급되며 농사용보다 2.42배나 더 비싸다.

그런데 앞으로는 모두가 동일해진다. 모두 같은 전기를 쓰니 같은 가격에 공급하는 것이 옳다.

가격은 30원/kWh이다. 주택용은 이전의 30% 수준이고, 농사용은 기존의 70%에 해당된다.

아울러 전기요금 누진제는 폐기된다.

얼마를 쓰든 같은 단가가 적용되는 것이다. 그래서 불만은 없을 것이다.

한편, 천연가스는 사할린에서 시작된 파이프라인으로 공급받게 된다.

따라서 이 또한 현재보다 훨씬 저렴해진다.

이것 역시 현재의 30% 수준으로 격감하게 된다.

겨울철 가스 사용 요금이 30만 원이었다면 9만 원으로 줄어드는 것이다.

전기와 가스 모두 현수가 공급자 위치이니 뜻대로 가격 인하가 가능하다. 하지만 상하수도는 다르다.

지역별 상수도사업본부가 상수도를 관장하고 있으며, 돈이 있다고 해도 인수할 수 있는 상상사가 아니기 때문이다.

하여 상수도사업본부에 신기술을 파는 형식으로 비용을 대폭 낮출 예정이다.

현재의 수돗물은 다음과 같은 과정을 거친다.

• 취수장 → 착수장 → 혼화지 → 응집지 → 침전지 → 여과지 → 오존 반응조 → 활성탄 여과지 → 소독 → 정수지 → 배수지 → 가정

무려 12단계나 된다. 마법을 사용하면 다음과 같이 된다.

• 취수장 → 정화장 → 배수지 → 가정

12단계였던 것이 4단계로 줄어드니 당연히 많은 비용과 시설 등이 절감된다.

인건비도 왕창 줄어든다. 모두 전자동으로 진행되기 때문이다. 그럼에도 수질은 세계 최고이다.

따라서 공급가를 대폭 낮출 수밖에 없을 것이다.

한편, 현재의 하수처리 과정은 다음과 같다.

• 하수 유입 → 침사지 → 유입펌프 → 최초침전지 → 생물반응조 → 최종 침전조 → 총인(總燐)처리 → 방류

모두 8단계를 거쳐 버려지는데 이 과정에서 발생되는 슬러지(sludge, 오니)는 아래와 같이 처분된다.

• 농축조 → 소화조 → 탈수기 → 운반 및 처분

이것까지 포함되면 하수처리 역시 12단계가 된다.

그런데 여기에 마법이 적용되면 이 또한 대폭 간소화된다.

• 하수 유입 → 정화처리 → 방류

이 과정에서 발생되는 슬러지는 다음과 같이 된다.

• 탈수 처리 → 원소분해기

처리 과정이 12단계 5단계로 대폭 줄어들 뿐만 아니라 매립시키던 찌꺼기까지 알뜰하게 재활용하게 된다.

환경에 어떠한 위해도 가하지 않는 완벽한 처리이다.

최종 처리된 하수는 1급수에 버금간다.

참고로, 시중에서 팔고 있는 생수 중 일부는 수질부적합 판정을 받기도 한다.

따라서 처리된 하수는 다시 식수로 공급하거나 공업용수 및 농업용수로 제공된다.

이렇게 되면 무분별한 지하수 개발로 인한 자원고갈과 지반붕괴를 우려하지 않아도 되며, 물 부족 국가라는 소리가 나오지 않게 된다.

어쨌거나 상하수도 요금 또한 30% 수준으로 낮아진다.

Chapter 11

새 국회가 할 일

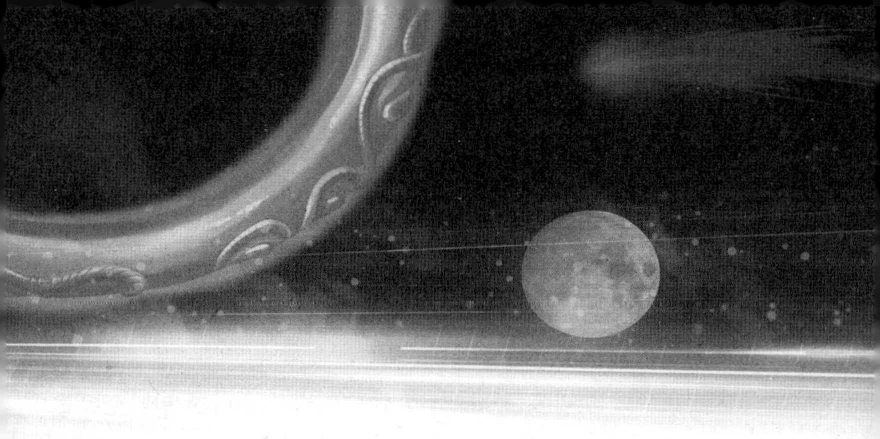

이렇게 전기, 수도, 가스 요금이 낮아지면 기초생활수급자와 차상위 계층에게 주는 혜택에 큰 비용이 들지 않는다.

게다가 아제르바이잔에서 공급될 원유가 있다. 이 또한 현재가의 30% 가격에 공급받을 수 있도록 할 예정이다.

다시 말해 1리터에 1,500원 하던 휘발유를 450원에 넣을 수 있게 되는 것이다.

현재 휘발유와 경유에 붙는 세금은 6가지나 된다.

가격과 상관없이 정액제로 고정되어 있는 것은 3가지이다.

교통에너지환경세 529원, 교육세 79.35원, 주행세 137.54원으로 구성되어 있다.

여기에 관세 3%, 부가가치세 10%, 그리고 수입 부담금 리터당 16원이 유류세를 구성하고 있는 것이다.

어떤 개새끼가 언제 이렇듯 복잡하고 과한 세율을 매겼고, 결정했는지 알 수는 없지만, 그놈들은 뒈지는 즉시 지옥에 떨어져 1억 년쯤 고생해야 한다.

국민들의 고혈을 빨아 사리사욕을 채우던 악질 탐관오리 같은 놈들이기 때문이다.

어쨌거나 휘발유가 리터당 1,500원이면 60% 이상인 909원이 세금이다.

이 정도면 정말 칼만 안 들었지 강도이다.

게다가 자동차와 관련된 세금의 종류가 얼마나 많은가!

제조에서 판매, 운행, 그리고 폐차에 이르기까지 수십 종류 세금을 매겨 수탈해가는 것이 국세청이다.

새 국회는 복잡다단한 세법을 일거에 정리해서 간단명료하게 해야 할 것이다.

예를 들어 유류세의 세금은 휘발유, 경유, 등유를 가리지 않고 리터당 100원으로 일원화해야 한다.

정말 직관적이며, 얼마나 계산하기 쉬운가!

만일 새 국회에서 세법을 개정하지 않으면 대한민국은 전기, 수도, 가스 및 유류를 공급받지 못할 수도 있다.

정부는 국민이 안전하고, 편안하게 살 수 있는 환경을 만들어주는 역할을 해야 한다.

그런데 국민들을 쥐어짜서 잘 사는 놈들이 더 잘살게 만드는 한편 자신들의 주머니를 불리는 일만 했다.

그러니 이전 정권과 똑같이 하면 다 뒈진다.

그런데 그냥 죽는 게 아니라 산 채로 지옥을 혹독하게 경험하면서 가산을 몽땅 탕진하게 만든다. 후손들은 저절로 벼락거지가 되어 생고생을 하게 될 것이다.

이런 꼴을 당하고 싶지 않으면 현재의 매우 복잡다단한 세율 체계를 확실하게 수정해야 할 것이다.

어쨌거나 이처럼 모든 물가를 떨어뜨리면 급여가 인상되지 않아도 소득이 늘어나는 효과를 보인다.

지난해 전체 근로자 평균연봉은 3,387만 원이었다.

상위 10%는 9,586만 원이었고, 중간은 2,653만 원, 하위 10%가 633만 원이었다.

평균연봉이 3,387만 원이었다면 세금 및 연금 등을 공제한 실수령액은 약 250만 원이다.

여기서 대출금 갚고, 카드값 내고 나면 남는 게 없다.

매일 아침 눈 비비고 일어나, 허둥지둥 세수하고, 사람으로 꽉 찬 버스나 전철에 타기 위해 버둥대며 살았다.

회사에선 하루 종일 상사 눈치를 보았고, 거래처에선 굽실거려야 했다. 칼퇴근이라는 건 사전에만 있는 삶이다.

어쩌다 회식을 하면 손바닥 부르트도록 탬버린을 두들겨야 했고, 상사들 택시 태워 보내느라 정작 본인은 집에도 못 들어갔다. 하여 근처 찜질방 신세를 지곤 했다.

어떤 때는 주말에도 쉬지 못하고 등산을 해야 했다. 하산 후엔 좋아하지도 않는 막걸리를 마셨다.

그러다 발동 걸린 상사를 모시고 2차를 가거나 노래방에 가서 목이 쉬도록 열창해야 했다.

그런데 월급 다음 날 통장을 보면 간신히 삼겹살에 소주 한 잔할 정도의 액수만 찍혀 있다. 월급이 급여통장을 스쳐지나간 흔적만 남은 것이다.

출퇴근 편이 또는 이성을 유혹하려고 자동차를 구입했다면 꼼짝없이 마이너스 통장 신세를 져야 한다.

카드 돌려막기는 기본이다.

직장생활이란 걸 하고는 있지만 연애, 결혼, 출산, 집 장만 같은 것은 꿈을 꿀 수도 없는 생활이었다.

오죽하면 헬조선이라는 말이 나왔겠는가!

둘러보면 사방이 아파트로 숲을 이루고 있다. 그런데 그 많은 것 중 내 집은 없다.

매일 매일 값이 오르고 있다는 뉴스가 헤드라인을 장식한다. 그런데 너무 비싸서 대출받아도 살 수 없다.

허름한 연립이라도 한 채 있으면 좋겠다는 생각을 하면서 로또복권을 산다. 신중히 번호를 선택하든 자동으로 구입하든 결과는 매주 꽝으로 동일하다.

갑작스럽게 입출국 및 수출입이 차단되면서 회사 분위기가 심상치 않았다. 하여 거스르는 게 있어도 납작 엎드린 채 분위기만 살핀다.

극심한 불경기라 혹시라도 잘리면 어쩔까 싶어 눈치나 보는 처지가 되어버린 것이다. 폼 나게 이직이라도 하고 싶지만, 취업난 때문에 자리가 없어서 시도조차 못 한다.

그러다 퇴근하여 집에 가보면 허름한데다 좁아터졌다. 냉장고를 열어보면 신김치와 반쯤 빈 소주병만 있다.

출출해서 라면을 끓여 먹고는 TV나 모니터를 보는데 판타지 드라마가 대세이다.

다음날 출근하면 군인이 여의사와 연애하는 드라마에 관한 이야기를 한다. 그러다 누군가 말한다.

"야! 그거 드라마니까 그렇지 실제로는 절대 일어나지 않을 일이야."

"그건 왜?"

"넌, 대위 월급이 얼만지 알아?"

파병군인 근무수당 지급기준과 지급비율 산정방식에 따르면 대위는 약 340만 원을 지급받는다.

한편, 수술을 집도하는 의사는 이보다 훨씬 많은 수입을 거둔다. 이 차이는 해가 갈수록 점점 더 벌어진다.

성별이 바뀌지 않는 한 둘의 연애와 결혼은 현실적으로 봤을 때 지극히 어렵다는 것이 의료계의 의견이다.

어느 날엔 만화 속으로 사람이 들어갔다 나왔다 하는 드라마에 대한 이야기를 한다.

두 주인공이야 선남선녀지만 전혀 현실성이 없다.

아주 정의감 투철하고 사명의식 강한 의사를 배경으로 한 드라마도 있다. 실력도 매우 좋다.

그런데 눈을 씻고 찾아봐도 그런 의사는 보이지 않는다.

채널을 돌려보면 세자가 내시와 사랑에 빠진 드라마가 방영된다. 게이물은 아니다. 상대역이 남장 내시인 것이다.

이런 일이 어찌 일어날 수 있겠는가! 조선의 궁궐을 너무 얕본 거 아닌가 싶다.

어떤 채널에선 검찰 비리를 폭로한 검사가 나락으로 떨어진 후 투철한 정의감으로 인생 2막을 사는 이야기가 나온다.

그런데 이런 전직 검사가 과연 있기는 했을까?

다들 드라마니까 존재할 수 있다고 입을 모은다. 다시 말해 이것 역시 현실성이 전혀 없다.

퇴근 후 이런 거나 멍하니 바라보다 잠드는 세상은 사는 맛이 별로이다. 그리고 다음 날 아침이 되면 또다시 다람쥐 쳇바퀴 도는 듯한 고된 생활이 반복된다.

참으로 지겨운 나날의 연속이다. 그리고 7포세대로 사는 건 미래가 없는 삶이다.

가진 건 없는데 불안한 고용상황, 불확실한 미래, 그리고 기약할 수 없는 집 장만은 너무나 스트레스이다.

이렇듯 어렵게 살았던 사람들에게 한번쯤은 어려움을 겪지 않아도 되는 삶을 살아볼 기회를 제공해주고 싶다.

그러니 당장 보조를 시행하라는 것이다.

그러면 드라마처럼 풍족하지는 못하겠지만 그래도 인간답게 살 수 있는 최소한의 여건은 갖추는 셈이 된다.

기초생활수급자는 매달 45만 원을 받아도 겨우 20만 원만 쓸 수 있었다.

이게 44만 원으로 늘어난다 함은 수입이 2배 이상이 되었다는 뜻이다. 이쯤 되면 녹슬어 빡빡하던 경첩에 재봉틀 기름 두어 방울 정도 떨어진 셈이다.

따라서 이전보다는 훨씬 마음이 편할 것이다.

한편, 이런 혜택이 제공되지 않을 군상(群像)이 있다. 에이프릴 증후군으로 죽은 자들의 유족이다.

민족 배신, 가짜 뉴스 남발, 부정부패 연루, 국정 농단, 담합, 사기, 투기 등의 행위로 떵떵거리며 살았다면 이제 죽을 때까지 고생하는 삶도 살아봐야 공정하지 않겠는가!

하여 극빈층 중에서도 최고로 극빈한 삶을 살아가도록 환경을 만들 것이다.

일단 정상적인 취업의 문은 모두 닫힌다.

하버드나 MIT 등을 수석으로 졸업하고 박사학위를 갖고 있어도 국내 상장사는 물론이고 중소기업도 취업 못 한다.

공무원 시험은 조작을 해서라도 불합격시킨다.

해외로 출국하는 것도 불가능하다. 주민등록 말소나 여권

취소로 비행기 탑승조차 못 하게 되기 때문이다.

나라 안에 가둬놓고 고난을 맛보게 하려는 것이다.

아울러 다시는 헤어나지 못하도록 환경을 조장(助長)[21] 하여 소태처럼 쓴맛을 보게 해줄 생각이다.

절로 죽고 싶다는 생각을 하겠지만 자살은 불가능하다. 그렇게 되도록 내버려둘 도로시가 아니다.

아무튼 이 정도는 되어야 비로소 사회정의가 구현되었다고 할 것이다.

그런데 누군가는 분명히 말할 것이다.

연좌제(緣坐制)[22] 를 적용하는 것은 잘못이니 구별하지 말고 똑같은 혜택을 부여하라고!

그런데 현수는 굳이 이런 요구에 응답할 이유가 없다.

법적으로 한국인이 아니고, 한국인들을 다스리지도 않는다. 따라서 한국인의 정서 따위는 무시해도 된다.

그리고 제공하는 혜택은 순전히 본인의 능력과 영향력으로 말미암은 것이다.

아울러 모든 기술과 재원 등도 현수가 부담한다.

따라서 말 같지도 않은 개소리까지 귀 기울여 들어줄 하등의 이유가 없다.

나쁜 놈들은 모조리 뒈져야 하고, 그놈들이 부정하게 번 돈

---

21) 조장(助長) : 바람직하지 않은 일을 더 심해지도록 부추김

22) 연좌제(緣坐制) : 범죄자와 일정한 친족 관계가 있는 자에게 연대적으로 그 범죄의 형사 책임을 지우는 제도

으로 잘 먹고 잘살던 것들은 나락으로 떨어져 처참한 일생을 살아감이 마땅하다.

그러다 세상을 등지게 되면 그 즉시 영혼까지 말살시키는 것이 진짜 공정한 일이다.

누군가는 광활하다 하겠지만 지구의 표면은 유한하다. 그래서 좋은 사람들만 모여서 살기에 좁다.

그러려면 악당들은 걸러내는 정화작용이 반드시 필요하다.

지금껏 아무도 나서지 않았는데 현수가 시동을 걸고 나선 것이다.

한국에선 에이프릴 증후군으로 거의 다 솎아냈고, 테러 등으로 국제질서를 어지르던 IS 등은 참수로 정리되는 중이다.

미국에선 호전적인 매파들이 뇌사상태로 발견되고, 일본은 하루라도 자민당에 몸을 담았다면 대상이다.

이밖에 보이스 피싱 같은 사기로 이익을 취하던 것들 또한 제거되는 중이다.

남의 나라에 와서 폭력을 휘두르는 등의 악행을 저질렀던 자들은 혼란에 휩싸인 지나로 보내버렸다.

거기서 굶어죽거나 누군가의 식량이 되었을 것이다.

다리 달린 거라면 책상만 빼고 다 먹는 것들이 사는 곳이다. 그런데 모든 산업이 멈춘 상태이다.

모든 발전기가 멈춰서 동력이 없고, 가스나 기름은 이미 동난 상태이다. 농기구로 농사를 지을 수는 있지만, 그 양은 절대적으로 부족하다.

따라서 먹을 게 없으니 분명히 그렇게 했을 것이다.

어쨌거나 Y—Property에서는 상대적으로 빈곤한 사람들을 위한 활동을 하고 있다고 한다.

깜박 잊고 지나쳤는데 인경이 알아서 잘 대응하고 있다는 말에 살짝 안도의 한숨을 쉬었다.

Y—Property는 떵떵거리며 살던 친일파 후손 등의 고급 주택이나 아파트를 독립운동가 등 국가유공자 후손들에게 우선적으로 선택할 수 있도록 하고 있다.

그들이 살다 비워놓은 아파트에는 빌라 등에 거주하던 사람들의 신청을 받아 이주시킨다.

그래서 비게 된 작은 아파트나 빌라는 원룸에 살던 이들이 옮겨가고, 그 원룸엔 기초생활수급자 등 정말 형편이 어려운 사람들이 입주하고 있다.

마지막은 텅 비어버린 쪽방촌이다. 친일파 후손 등 블랙리스트에 등재된 자들이 들어가서 살게 된다.

졸지에 천국에서 나락으로 떨어진 것 같겠지만 다른 거주지는 없다. 다른 좋은 곳의 입주 신청은 받아주지만, 매번 탈락되었다는 답변만 듣게 되기 때문이다.

그래서 월세 25만 원짜리 쪽방에서 살게 된다.

천장에서 물이 새도 웬만해선 고쳐지지 않고, 망가진 시건(施鍵)장치를 교체하는 데 최하 6개월이 소요되는 곳이다.

쥐새끼가 수시로 출몰하고, 밤만 되면 바퀴벌레들이 운동회를 벌이며, 심심치 않게 지네, 노래기, 그리마, 쥐며느리 등을 볼 수 있다.

공동으로 사용하는 화장실 악취는 코를 찌르고, 소변기의 누런 얼룩은 1년이 지나도 아무도 청소하지 않는다.

여름엔 엄청 덥고, 겨울엔 얼어 죽을 것 같이 추운 곳이다. 그런데 요즘엔 봄과 가을이 점점 줄어들고 있다.

덕분에 찜통 같은 살인 더위와 살을 파고드는 혹한의 냉기를 더 오래 견뎌내야 한다.

그렇게 살다보면 그토록 무시하던 빈한한 삶이 어떤 건지 확실히 깨닫게 될 것이다.

한편, 쪽방조차 구할 수 없는 자들은 도시 외곽의 비닐하우스라도 들어가서 살아야 한다. 쪽방에 비해 공간이 넓기는 하지만 환경은 훨씬 더 열악하다.

편의점이나 마트에 가려면 차를 타거나 장시간 걸어야 하고, 시내로 이동하려면 긴 시간이 필요하다.

당연히 교통비가 더 많이 드는 삶이 된다.

화장실이 있기는 하지만 냄새 때문에 비닐하우스 밖에 있어 겨울엔 나가기 싫을 것이다.

그래도 월세는 꼬박꼬박 내야 하고 그 금액은 적지 않다. 그리고 그곳을 벗어나기 힘들 것이다.

대부분의 주거용 비닐하우스는 비닐과 부직포, 그리고 합판 등으로 지어져 있다. 그래서 추위와 화재에 취약하다.

그리고 도시가스와 상하수도 기반시설도 대부분 마련되어 있지 않아서 LPG나 연탄을 사용하여 취사를 해결한다.

아울러 겨울엔 화목 보일러 등의 화기로 난방하는 경우가 많아 화재로 목숨을 잃는 사람이 속출한다.

당연히 얼어 죽는 사람도 많다.

어쨌거나 여름엔 찜통 저리 가라 할 정도로 덥고, 겨울엔 얼어 죽을 정도로 춥다.

그럼에도 전기요금이 걱정되어 에어컨이나 전기장판을 마음 놓고 켜지 못하고 살아가게 된다.

이전과 확연히 다른 거주환경은 삶을 고달프게 만든다.

하여 어쩌면 개과천선하는 이가 나올지도 모른다.

물론 그 확률은 극도로 희박하다. 타고난 천성이란 건 진짜 웬만해선 절대로 바뀌지 않기 때문이다.

미국의 어느 교수는 반사회적 행동의 기원을 이해하기 위해 청소년들을 연구하는 데 매진했다.

그리고 얻은 결론은 다음과 같다.

반사회적 행동의 특징은 일관된다.

만일 어떤 아이가 4살 때 반사회적 행동을 했다면, 15살이나 20살쯤에 범죄자가 될 확률이 극도로 높다.

이러한 경향은 믿을 수 없을 정도로 견고하다.

심리학자 등이 이를 개선하기 위해 상상할 수 있는 모든 방법을 동원했다. 그것을 기록한 문헌들을 보면 '어떠한 계도도 효과가 없었다'고 기록되어 있다.

남성의 공격성은 15살 무렵에 최대치를 찍고, 27살 정도가 되어야 비로소 정상화 된다.

나이가 들면서 폭력성이 저절로 낮아진다는 뜻이다.

그러니 4살 때 반사회적 행동을 했다면 27살이 될 때까지 가둬 놓는 것이 가장 좋다.

이게 범죄를 막을 유일한 방법이다.

타고난 천성이 결코 바뀌지 않는다는 것을 수많은 사례를 통해 도출해낸 결과인 것이다.

우리 조상들은 일찌감치 이런 걸 체득했다. 그래서 '세 살 버릇 여든 간다' 는 속담을 남기셨다.

어쨌거나 개과천선은 단독으로 로또 1등에 당첨되는 것보다 훨씬 더 어렵다. 하여 전혀 기대하지 않고 있다.

"지시한 대로 바로 시행토록 할게요."

조인경은 이내 자리를 비웠다. Y—Property 임원회의를 소집하기 위함이다. 안건은 방금 지시받은 내용이다.

육감적인 둔부를 실룩이며 멀어지는 뒷모습을 지켜보던 현수는 창밖에 시선을 주었다.

멀지 않은 아파트 입구에 사람들이 모여 있다. 다툼이라도 있는 듯 삿대질하는 사내가 보인다.

뭔가 싶어 도로시를 호출했다.

'도로시! 저기 왜 저런지 알아?'

'네! 어제 외부인이 지하 주차장에 무단 주차를 했어요.'

'그런데? 그게 문제야?'

'아뇨, 주차장 2면을 차지하게 차를 세워놓았어요.'

'2면을…?'

남의 주차장을 무단으로 사용하면서 기본적인 것도 지키지 않았다는 뜻이다.

'네, 그래서 관리실에서 경고 스티커를 붙였는데 그것 때문에 저런 실랑이가 벌어진 거예요.'

'경고 스티커를 붙였다고 싸워?'

'접착력이 강해서 떼느라 애를 먹은 모양이에요.'

'그러니까 겨우 그걸로 싸우는 거냐고.'

'아뇨! 어제 오후부터 주차장 출입구를 가로막아 놨어요.'

'응? 거길 막으면 다른 차들은?'

'출입구가 하나뿐이라 하루 종일 못 드나들었죠.'

'그 외부인 하나 때문에 입주자들 전부가?'

'네! 정말 뻔뻔스러운 인간이에요. 스티커 제거하는 데 돈 들어갔으니 그걸 내놓지 않으면 차 안 뺀대요.'

'그래? 그게 얼만데?'

'250만 원이요.'

'뭐라고? 그거 떼는 데 그렇게 많은 돈이 든다고?'

'당연히 아니죠. 거의 생떼를 부리는 중이에요.'

'흐음…!'

현수는 팔짱을 낀 채 잠시 다툼 벌이는 현장을 지켜봤다.

입주자들은 잔뜩 열 받아 고래고래 소리를 지르고 있다.

그런데 남의 주차장에 무단 주차했던 것으로도 모자라 통로를 막아버렸던 놈은 배 째라는 식으로 대꾸하는 중이다.

바로 곁에 출동한 경찰 둘이 있기는 하지만 적극적으로 개입하지 않고 있다. 무력 충돌이라도 일어나지 않는 한 지켜만 볼 모양이다.

후안무치한 놈은 경찰 앞이라 그런지 어디 때려볼 테면 때리라는 듯 얼굴을 들이밀고 있다.

입주자들은 건드리면 바로 폭행죄로 고소될 수 있음을 알기에 목청만 돋울 뿐이다.

그렇게 잠시의 시간이 흘렀다. 현수의 이맛살이 살짝 찌푸려진다. 결코 유쾌하지 않다는 뜻이다.

'저거 무슨 일을 하는지 확인해봐.'

'서초동에서 노래방을 운영해요.'

'그걸로 저런 차를 살 수 있는 거야?'

출입구 통로를 막고 있는 차는 벤틀리 뮬산이다. 기본이 4억 8,800만 원짜리이다. 노래방 영업이 얼마나 잘되기에 저런 차를 탈 수 있는지 의아하다.

'노래방인데 단란주점 같이 영업하는 곳이에요.'

'단란주점 같이?'

'네! 술 팔고 도우미도 있고 그런 데예요.'

'그거 불법이지?'

'네! 도우미를 불러주는 건 음악산업진흥에 관한 법률에 의거하여 3년 이하의 징역 또는 3천만 원 이하의 벌금에 처하도록 되어 있어요.'

'잉? 그거 법 아직 안 바뀌었어?'

현수는 징역형은 상한이 아니라 하한을 정하도록 했고, 벌금형은 없애라고 한 바 있다.

다시 말해 '3년 이하의 징역형' 이 아니라 '3년 이상의 징역형' 같이 바꾸라는 뜻이다.

'아! 그거 이번에 바뀌어요. 3년 이상의 징역형이고, 감형과 가석방은 없어요. 벌금형은 삭제되고요.'

현재는 별도의 행정처분도 내리고 있다.

1차 적발 시 영업정지 1개월, 2차 영업정지 2개월, 그리고 3차로 적발되면 영업취소이다.

다만 청소년을 접대부로 고용한 경우에는 1차 적발이라도 곧바로 등록이 취소되고, 영업폐쇄 처분된다.

이것 또한 바뀌게 된다.

1차 적발 영업정지 3개월, 2차 등록 취소이다.

청소년을 접대부로 고용한 경우엔 바로 폐쇄 처분이고, 업주 징역 5년 이상, 청소년 접대부 징역 3년 이상이다.

한편, 도우미를 불러달라고 요구했던 손님도 징역 1년 이상이다. 성인 도우미는 징역 2년 이상이고, 청소년이었다면 징역 3년 이상이다.

업주, 도우미, 그리고 손님까지 모두 처벌되는 것이다.

노래연습장에서 술을 파는 것 또한 불법이다.

이전엔 1차 위반 영업정지 10일, 2차 영업정지 30일, 3차 영업정지 90일, 4차 등록 취소 및 영업 폐쇄라는 행정처분을 내렸으며 별도의 벌금을 부과하고 있다.

새로 바뀌는 법엔 알코올 4.5% 미만은 1인당 500*ml*까지 판매할 수 있게 된다. 너무 못 하게만 하고 옥죄면 더욱 음성적이 되기 때문에 살짝 풀어놓는 것이다.

이를 초과하거나 더 도수가 높은 주류를 판매하는 경우엔 1차 적발 영업정지 3개월, 2차 업장 폐쇄 명령이 내려진다.

아울러 영업 기간에 따른 수익을 역추적 하여 주류로 얻었을 것으로 짐작되는 모든 수익금을 추징한다.

다시 말해 개업 후 문을 닫을 때까지 술로 번 돈은 몽땅 몰수하겠다는 뜻이다.

어쨌거나 아직은 법이 바뀌지 않았다고 한다.

'일단 고발조치해.'

'네.'

'도우미가 있다고 하니 징역 3년이 되게 하고.'

'알겠어요.'

'그리고 쫄딱 망하게 하고, 데스봇 레벨 6로 투여해.'

하루에 두 번 온몸이 불에 타는 듯한 고통을 겪게 하라는 뜻이다. 참고로, 인간이 느끼는 고통 1위가 작렬감이다.

'네! 지시대로 할게요.'

'저런 뻔뻔한 것들은 사회에 섞여서 살 자격이 없어.'

'동의해요.'

'그러니 저와 비슷한 짓을 하는 것들이 있으면 발견되는 대로 같은 처벌을 내려.'

'그렇게 할게요.'

'남녀노소 구분하지 않아야 된다는 거 알지?'

'그럼요! 나쁜 짓을 하는 것들에겐 철퇴가 당연하죠.'

'근데 저기 저 경찰들은 왜 가만히 있어?'

'개입할 상황이 아니라고 판단한 모양이에요.'

'왜?'

'저 지하 주차장 출입로가 도로교통법상 공도(公道)[23] 에 해당되지 않기 때문이에요.'

'흐음…!'

현수가 또 잠시 말을 멈춘 채 바라본다.

---

23) 공도(公道) : 공중(公衆)이 교통수단을 이용하여 통행하도록 나라나 도(道), 시(市) 등에서 마련하여 관리하는 길

'법을 바꿔야 하겠군.'

대한민국의 법은 일반 서민보다 돈 있는 자들에게 편향적으로 유리하게 작용하고 있었다.

유전무죄 무전유죄(有錢無罪 無錢有罪)라는 말이 그것을 방증(傍證)하고 있다.

'어떻게 하라고 할까요?'

'저런 자들에게 응분의 대가를 치르게 해야 하지 않겠어?'

'알겠어요.'

도로시는 현수의 의견을 국회의원들에게 전달한다.

그 결과 새로운 법이 만들어지는데 방금과 같이 주차장 출입로를 가로막는 등 타인의 통행을 의도적으로 방해하는 경우 적극적으로 개입할 수 있도록 한다.

형벌은 징역형이 아닌 노역형이고, 수형 장소는 일반적인 교도소가 아닌 염전(鹽田)이다.

Chapter 12

노역형이 마땅해

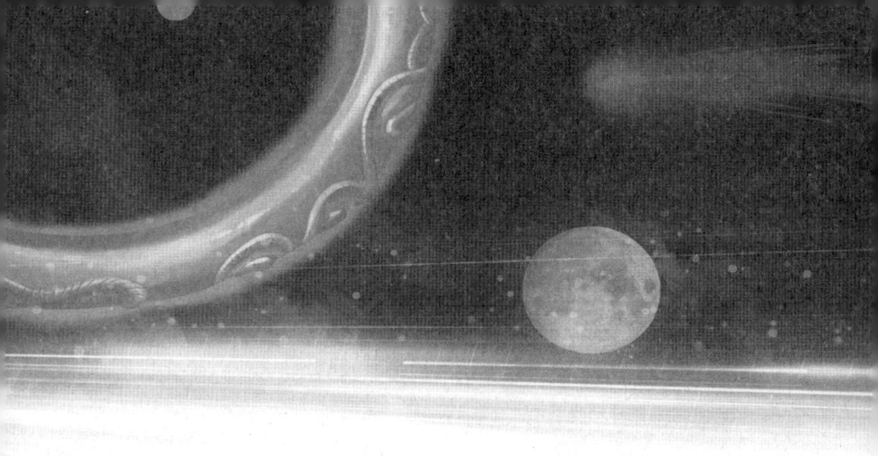

이곳에 수용되면 한여름의 뜨거운 땡볕 아래에서 잠시도 쉬지 않고 써레질을 해야 한다.

추운 겨울에는 삭풍처럼 차가운 바닷바람을 맞으며 곡괭이질로 염전 보수작업을 한다.

식사로 주어지는 것은 적당히 짭짤한 주먹밥 한 덩이이다. 고된 노동으로 인한 배고픔을 간신히 면할 정도의 양이다.

거처는 공사장에서 흔히 사용되는 컨테이너 박스이다.

여름엔 엄청 덥고, 겨울엔 몹시 춥다. 당연히 선풍기와 에어컨이 없고, 난방도 되지 않는다.

탈출을 시도하다 잡히면 태형이 기다리고 있다.

3대만 맞으면 기절할 정도로 끔찍하게 아프다. 그렇게 다스려진 후엔 다시 작업장으로 보내진다.

아울러 한번 그럴 때마다 형기가 20%씩 늘어난다.

못된 심보와 사과할 줄 모르는 뻔뻔함을 갖춘 자들에게 적합한 형벌일 것이다.

'참 까먹고 말 안 한 거 또 있어.'

'말씀하세요.'

'도로 위에서 보복 운전하는 것들 있지?'

'네, 심심치 않게 있죠. 유투브에 많이 올라와 있어요.'

'그래! 그중에서 먼저 잘못하고도 보복 운전을 한 뒤 차에서 내려서 폭력을 휘두르거나 야구방망이, 골프채, 전기톱 등으로 위협하는 것들도 있지?'

'네! 제법 많아요.'

'전부 분노조절장애인 거야?'

'뭐 그런 자들도 있고, 아닌데도 그런 경우가 꽤 있어요.'

'그래! 그것들도 처벌해야 하지 않겠어?'

'당연하죠. 근데 어떻게요?'

'응! 내 판단 기준 알지?'

'그럼요. 당연히 알죠.'

'현재 보복 운전을 어떻게 처벌하고 있지?'

'형법에 따르면…'

잠시 도로시의 설명이 이어졌다.

보복 운전에 관한 형사처벌은 여러 경우로 나뉘어 있다.

특수상해는 1년 이상 10년 이하, 중상해 및 존속 중상해는 2년 이상 20년 이하의 징역형에 처해진다.

특수폭행은 5년 이하의 징역 또는 1천만 원 이하의 벌금, 특수협박은 7년 이하의 징역 또는 1천만 원 이하의 벌금형에 처해진다.

특수손괴는 재물 손괴 등과 공익건조물 파괴로 구분되어 있다. 전자는 5년 이하의 징역 또는 1천만 원 이하의 벌금이다.

그리고, 후자는 1년 이상의 유기징역 또는 2천만 원 이하의 벌금형에 처해지도록 하고 있다.

이와 별도의 행정처분도 있는데 형사 입건되면 벌점 100점 및 100일 면허정지이고, 구속되면 면허 취소 및 결격기간 1년이 부과된다.

한편, 난폭운전은 도로교통법 제 46조 3항에 규정되어 있는데 모두 9가지로 구분하고 있다.

지시 또는 신호 위반, 속도위반 및 고속도로에서의 앞지르지 방법 위반 등이 이에 속한다.

이에 대한 형사처분은 1년 이하의 징역 또는 500만 원 이하의 벌금형에 처하고 있다.

이 또한 별도의 행정처분이 병행되는데 이는 보복 운전과 동일한 처분이 내려진다.

'그래서 법원에서 어떤 처벌을 했어?'

'징역형은 정말 특수한 경우가 아니면 거의 없었고, 대부분 벌금형에 처해요.'

'벌금? 얼마나?'

'상한이 1천만 원이면 100만 또는 200만 원이 많아요. 아주 가끔 50만 원이나 300만 원이 선고되기도 하고요.'

'에? 그거 밖에 안 돼?'

'네! 그렇게 선고되고 있어요.'

'근데 나라에 돈이 없나? 왜 그렇게 벌금만 부과해?'

벌 받을 짓을 했으면 그에 합당한 처벌이 가해져야 한다. 그리고 돈 많은 놈들에겐 100~200만 원은 돈도 아니다.

그러니 보복 운전이 끊이지 않는 모양이다.

'그러게 말이에요.'

'판사들이 문제네. 본인이나 가족이 직접 당하지 않으면 너무 세상을 무르게 보는 거 같아.'

'그렇죠. 근데 그런 자들 대부분 인성이나 행실에 문제가 있었고, 그에 따른 처벌을 받았어요.'

에이프릴 증후군에 걸려서 뒈졌다는 뜻이다.

'잘 됐네. 그래서 지금은?

'검사, 판사 및 변호사 숫자가 상당히 많이 줄어서 보복 운전 정도로는 공판이 거의 열리지 않고 있어요.'

살인이나 거액의 사기사건 정도가 되어야 재판이 진행된다는 뜻이다.

'문과에서 제일 공부 잘했던 놈들이었을 텐데 인성이 글러먹거나 속만 시커먼 놈들이 많았다는 뜻이네.'

'네! 삼권분립이라는 제도가 만든 괴물들이었죠. 법률로 권한을 주었음에도 스스로 그걸 포기하고 권력자에 아부하는 떨거지들이 너무 많았어요.'

'그런 것들은 싸그리 지워버려야 해. 사회악이니까.'

'전적으로 동의하고 이미 그렇게 했어요.'

'아무튼 법 개정은 아직 안 된 거지?'

'네, 이것 또한 우선순위에 밀려 있어서요.'

'그럼 보복 운전에 관한 지침부터 내려 보내.'

국회의원들로 하여금 법률을 제정토록 하라는 뜻이다.

'넵! 말씀하세요.'

'보복 운전으로 앞에서 급정거를 하는 등의 위협행위를 하면 징역 5년 이상.'

'또요.'

'칼치기를 하여 운행을 방해하거나 뒤따르면서 계속 하이빔을 켜는 등의 위협을 가하면 징역 3년 이상으로 해.'

'알겠어요.'

'야구방망이, 골프채, 낫 같은 기물이나 무기를 들고 내린 놈들은 징역 10년 이상에 처하도록 해.'

'그리고요?'

'그래서 부상자가 발생하면 상해 정도에 따라 전치 2주는 2년, 3주는 3년, 4주면 4년 이런 식으로 징역을 추가해!'

'예를 들어 전치 32주면 32년 추가인 거죠?'

'그래! 동승자가 부상당하면 그 사람들의 기간도 포함해.'

'운전자 전치 4주, 동승자 전치 8주면 합쳐서 12년을 추가하라는 말씀이신 거죠?'

'그래.'

'알겠어요.'

'형을 마치면 데스봇 레벨 6로 10년간 주입하고.'

'10년 후엔 회수하라는 거죠?'

'그래. 그리고 왕국으로의 출입은 영구히 제한해.'

'……!'

욱하는 성질로 운전을 엿같이 하면 신세를 망치는 정도로 끝나지 않을 모양이다.

'내 왕국은 인간성 글러먹은 것들이 발을 들여놓지 못할 땅이니까.'

'네! 그럼요. 그럼요.'

실제로 다른 차원의 이실리프 제국은 이상향이 구현된 곳이다. 성질 더러운 것들 없으며, 범죄자도 거의 없다.

아주 가끔 난동 부리는 자들이 있기는 한데 1년에 한두 명에 불과하고, 대부분 그런 일이 전혀 없다.

유전자 교정이라는 획기적인 기술이 있어 장애를 갖고 태어나는 아기가 없으며, 발달된 의료기술과 마법, 그리고 연금술 덕분에 질병에 걸려 사경을 헤매는 일도 없다.

영양공급도 적절하여 비만 아동 또한 없다.

모든 아이들은 만 5세가 되면 인성교육이 시작된다.

남들과 조화롭게 어울리며, 올바르게 세상을 살아가는 규칙을 어린 시절부터 훈육하는 것이다.

하여 시기, 질투, 음모, 모함 같은 행위를 하지 않으며 성장하게 된다. 대신 협동, 조화, 양보 같은 미덕이 몸에 밴다.

학교에선 필요한 지식을 충분히 가르치므로 모두가 일정 수준 이상이 된다. 문맹률은 당연히 0%이다.

모두가 읽고, 쓰는 데 불편함이 없을 뿐만 아니라 각자의 적성에 따른 집중교육을 받아 전문가로 성장하게 된다.

졸업하면 거의 100% 취업하고, 부족하지 않을 급여가 지급된다. 그래서 실업률은 0%이다.

본인이 자발적으로 직장 갖기를 거부하지 않은 이상 언제든 일자리를 가질 수 있기 때문이다.

직업에 따른 급여 차이는 그리 크지 않다.

아파트 경비원과 대학병원의 의사를 비교하자면 전자가 1일 때 후자는 1.5정도이다.

현재는 소득 금액 최하위와 최상위를 비교해보면 1 : 20 이상인 경우가 수두룩하다. 덕분에 부익부 빈익빈 같은 사회문제가 더욱 심화되고 있다.

왕국에선 이런 일이 빚어질 수 없다.

환자가 병원에 오면 정밀진단은 AI가 맡고, 수술은 의료용 로봇이 수행한다. 의약품 처방 또한 인공지능이 내린다.

인간 의사가 하는 일은 응급실에 당도한 환자를 분류하고, 간단한 봉합 등을 맡는다.

구급차에 동승해서 사고현장으로 출동한 경우엔 보다 많은 일을 맡기는 하지만 그래도 현재처럼 전체를 지휘하지는 못한다. 모든 구급차마다 휴머노이드가 배치되기 때문이다.

제아무리 심각한 부상이라 하더라도 흉터 하나 남기지 않고 아물게 하는 포션이 있기에 이미 사망한 상태가 아닌 이상 대부분 죽지 않는다.

어쨌거나 의사들은 더 많이, 더 오래 공부를 하여 면허를 취득한다. 하여 애쓴 것을 인정하여 보다 넓고, 안락한 거처가 제공되는 등 각종 특혜가 베풀어진다.

예를 들면 완전자율 전기비행차 등 각종 공산품을 구입할 때 할인해주거나, 유급휴가가 1년에 50일이다.

주말과 공휴일을 제외한 일수이니 날짜를 잘 잡으면 80일 가까이 휴가를 즐길 수 있다.

'이제 더 이상의 지시 사항은 없는 거죠?'

'아니! 아직 남았지.'

'말씀하세요.'

'공도에서 레이싱을 하는 폭주족들을 제어해야겠어.'

'무슨 뜻이신지요?'

'고급 스포츠카로 제한속도를 무시하고 달리는 것들 있지?'

'네, 전국 각지에 제법 많아요.'

'일단 손해보험약관과 도로교통법, 그리고 건강보험 규정부터 개정시켜.'

'말씀하세요.'

'보험약관 먼저 수정하는데 제한속도를 30km/h 이상 넘기다 사고가 나면 보험금 지급이 안 되는 걸로 수정해.'

'예를 들어 시속 100km가 제한속도인 경부고속도로에서 130km/h 이상으로 주행하다 사고가 나면 보험금을 하나도 지급하지 말라는 뜻인 거죠?'

'맞아! 사고 나면 100% 본인 사비로 지불케 해.'

'건강보험은요?'

'그것도 과속으로 인한 사고에 대한 보험금 지급을 거절하는 것으로 바꿔.'

'도로교통법은요?'

'제한속도보다 30km/h 이상 과속하다 사고를 내면 즉시 면허 취소하고 10년간 재취득 금지케 해.'

'에? 겨우 10년이요?'

'그건 좀 그렇지? 좋아, 20년으로 올려.'

'그리고요?'

'사고 내면 3명 이상인 손해사정인이 평가한 평균 손해액을 즉각 보상토록 해. 만일 지불 능력이 없거나 지불을 거절하면 그 액수만큼 노역형에 처해서 갚도록 해.'

'그럼 노역형 일당은요?'

'당연히 10만 원이지. 그중에서 본인이 먹고, 자고, 싸는데 필요한 비용 등을 제외한 나머지를 피해자에게 보상하는 돈으로 해.'

'에? 그럼 부지하세월(不知何歲月)이겠네요.'

'그게 뭔 소리야?'

'본인이 먹고, 자고, 싸는 등에 필요한 비용을 빼면 많아봐야 하루에 5만 원 정도가 남을 텐데 그걸로 언제 보상액을 다 채우겠어요?'

'그치? 그럼 정부가 먼저 보상해주고, 그 액수에 지연이자를 합산한 금액만큼 노역형에 처하도록 해.'

'인사사고라도 나면 피해보상액이 1억 원 이상인 경우도 허다할 텐데 그럼 어떻게 해요?'

'1억을 5만으로 나누는 거니까 일단 2,000일은 확정이고, 여기에 지연이자까지 감안하면 3,650일쯤 되겠네.'

'에? 그럼 인사사고를 내고도 겨우 10년이요?'

다소 약한 처벌이 아니냐는 반문이다.

'아니! 상대방 차는 안 망가지겠어? 그리고 가드레일이나 중앙분리대, 또는 가로수 같은 것도 파손될 거 아냐. 그러니까 그거까지 싹 다 포함시키면 금방 20년으로 올라갈걸.'

'아! 그렇긴 하겠네요. 근데 과속을 해도 사고를 안 내면 처벌이 없는 거겠네요.'

웬일로 허점을 잡았다는 듯 살짝 비꼬는 듯한 뉘앙스이다.

'내가 그러게 놔두겠어?'

'그럼 어떻게 해요?'

'건강보험과 손해보험약관, 그리고 도로교통법이 개정되기 전까지는 한밤중에 공도에서 폭주하는 차들이 급발진 현상을 일으켜서 옹벽이나 가로수를 들이받게 해.'

'에? 고의로 충돌하게 하라고요?'

'그래 운전대를 장악하여 옹벽이나 가로수를 냅다 들이받게 하라고.'

'그거 쉽지 않은 일인 거 아시죠?'

'아무튼 사고가 나도록 하라는 거야.'

'근데 그런 거 없으면요?'

'옹벽이나 가로수가 마땅치 않으면 도로난간을 뚫고 고가도로나 교량 같은 곳에서 떨어지게 하면 되잖아.'

'좋아요. 어느 정도 세기로요?'

'신체에 영구적인 장애가 생길 정도면 괜찮을 듯해.'

'에? 영구장애요?'

'하반신 불수, 전신마비, 시력 상실 같은 거 있잖아.'

'아! 다시는 운전 못하게 하라는 뜻인 거죠?'

'정확해! 남들에게 공포감 내지 위압감을 주는 이기적인 행동을 했으면 그만한 처벌은 받아야지.'

'알겠어요. 참! 자동차만 그런 거죠?'

'그럴 리가 있겠어? 오토바이 포함이야.'

'아…!'

도로시는 미처 계산에 넣지 못했다는 반응이다.

'근데 오토바이는 과속으로 뭔가를 들이받으면 즉사할 확률이 매우 높아요.'

'그래. 그러니까 기술적으로 딱 영구 장애를 얻을 정도인 곳을 들이받게 해. 뭔가를 들이받고 공중으로 휙휙 날아가다가 땅바닥에 패대기쳐지면 그리되지 않겠어?'

'흠! 물리력 계산을 잘해야 죽지 않겠네요.'

'그래! 그런 계산 잘 하잖아.'

'알겠어요. 지시대로 할게요.'

소위 있는 집 자식들이나 양아치들이 스포츠카나 튜닝 된 오토바이로 폭주행위를 일삼는다.

특히 매년 3월 1일이 되면 도심에서 폭주하는 것들이 제법 많다. 경찰이 단속에 나서지만 오토바이 특성 때문에 쉽지 않은 일이다.

그런데 내년 3월 1일부터는 폭주족 보기 힘들 것이다.

올해 전부 하반신 마비, 전신마비, 팔다리 절단, 시력 상실 등을 당하게 될 것이기 때문이다.

100% 단독사고이고, 그 사이에 건강보험과 손해보험 약관, 그리고 도로교통법이 개정될 예정이다.

영구히 운전대를 잡을 수 없는 것은 물론이고 본인 치료비를 전액 본인이 부담해야 한다.

돈이 없어서 패가망신하거나 목숨을 잃는 건 순전히 본인 책임이다. 오토바이는 당연히 폐차장행이다.

한밤중의 레이싱도 오래가지 못한다.

운전자 전원이 영구적인 장애를 갖게 되니 다시는 운전대를 잡을 수 없기 때문이다.

부모들이야 속 타겠지만 어쩌겠는가! 평상시 관리감독을 제대로 안 한 잘못이 있으니 감수해야 한다.

오히려 미래에 발생될 더 큰 사고나 오욕(汚辱)을 사전에 차단했다고 생각해야 한다.

'이제 끝이죠?'

'아니! 자동차만 법을 준수하라고 하면 억울하잖아.'

'그럼 뭐에게…?'

'보행자! 보행자도 당연히 제반 법규를 준수하는 게 당연하잖아. 지키라고 있는 게 법이니까.'

'네! 그건 그렇죠.'

'그러니까 앞으로는 무단횡단에 관한 법률을 개정해서 그런 행위를 다시는 못 하게 해야 해.'

'어떻게 할까요?'

'현재 어떻게 처벌하지?'

'현행 도로교통법은 무단횡단은 20만 원 이하의 벌금이나 구류 또는 과태료에 처하도록 되어 있어요.'

'그런데?'

'실제로는 2~3만 원 수준의 과태료를 부과하죠.'

'그래서 고쳐지겠어? 그러니 그걸 먼저 고치도록 해. 무단횡단을 하다 적발되면 보유 재산의 1%를 징수하는 걸로.'

'그럼, 재산이 100억 원인 사람이면 1억 원의 과태료를 부과하라는 거죠?'

'그래!'

'그럼 돈 한 푼 없는 노숙자 같은 사람은 무단횡단을 해도 과태료 부과를 못 하겠네요.'

드디어 발견된 허점이라는 듯한 뉘앙스이다.

'그럴 리 있겠어? 1회 적발 노역형 1년, 2회 2년, 3회 4년, 4회 8년 이런 식으로 처벌하는 걸로 해.'

'횟수가 늘어날 때마다 이전의 2배씩인 거네요.'

반성하고 개선하지 않으면 더 큰 처벌을 받는 것이다.

'그래. 다섯 번째로 적발되면 노역형 16년이지.'

그간의 기간까지 합산하면 5번의 무단횡단 결과로 총 31년 동안 노역형을 살게 되는 것이다. 6번이면 63년이다.

집행유예, 감형, 가석방이 없으니 고생은 좀 되겠다.

그래도 노숙자로 사는 것보다 노역하여 일당이라도 버는 편이 낫다. 만기 출고할 때는 제법 큰돈을 가져갈 수 있다.

노역형은 주 6일이다. 1년이 52주이고, 하루에 5만 원씩 적립된다면 매년 1,560만 원이 쌓인다.

여기서 건강보험, 국민연금 등을 공제한 실수령액은 약 1,440만 원이다. 따라서 31년 동안 노역형에 처해지면 총 4억 4,640만 원을 수령하게 된다.

노숙자는 수입이 한 푼도 없지만 노역형은 한 달에 120만 원 정도를 저축하는 셈이다. 먹고, 자고, 싸는 비용이 모두 공제된 결과이다.

'근데 재산이 100억 원이라 1억 원 과태료를 통고처분을 받았는데 이를 납부하지 않은 사람은요?'

'노역형 일당이 10만 원이니까 딱 1,000일 동안 고생 좀 하면 되겠네.'

'무단횡단 한 번 했다고 3년쯤 가둔다고요?'

'지금처럼 2~3만 원만 내게 하니까 계속 위반하는 거야. 한 번 길 잘못 건너서 3년쯤 교도소에 갇힌다고 생각을 해봐. 그래도 무단횡단을 하겠어?'

'당연히 안 하겠죠. 근데 단속은 누가 해요?'

'길바닥에 CCTV 널렸잖아. 거의 모든 차량에 블랙박스 달려 있고. 그리고 사람들 다 휴대폰 들고 다니잖아.'

'엥? 신고도 받아요?'

'당연하지. 무단횡단을 신고하면 벌금 액수의 50%를 신고 포상금으로 지급하는 걸로 해. 세금은 면제해주고.'

'요즘 10억 넘는 아파트 많은데 그런 사람을 신고하면 과태료 1,000만 원의 50%면 500만 원을 준다는 거죠?'

'그래. 100억 원대 재산을 가진 사람이 무단횡단을 했는데 그를 신고하면 한 건에 5,000만 원인 거지.'

'헐! 신고 건수 제한은 없어요?'

'응! 없어. 하루에 1,000명을 신고해도 돼.'

'그럼 포상금이 1억 원이 넘을 수도 있네요.'

'당연하지.'

'저도 해도 돼요?'

'으잉? 도로시가?'

'네! 인공위성에 아주 선명하게 찍히는 카메라 있는 거 아시잖아요.'

'알지. 근데 푼돈도 벌려고?'

'아무도 신고 안 하면 저라도 해야 하지 않을까요?'

'흠! 뭐 그럴 수도 있기는 하네. 그래, 그렇게 해.'

'기간은 언제까지예요?'

'무단횡단자 숫자가 1년에 12명 이하가 될 때까지.'

'엥? 그럼 한 달에 겨우 한 명 수준이요?'

'그래. 그리고 무단횡단하다 차량과 사고가 나면 운전자 과실을 최대한 적게 잡도록 규정을 고치도록 해.'

'어느 정도로요?'

'주행 중에 느닷없이 튀어나왔다면 당연히 무죄지. 도저히 피할 수 없는데 어쩌겠어?'

'그건 그렇지만 그렇지 않은 경우도 있잖아요. 전방주시를 태만하여 피할 수 있음에도 피하지 못한 경우요.'

'규정 속도 이상으로 주행 중이었더라도 급제동 거리 이내에서 사고가 난 거면 운전자에게 책임을 묻지 못하도록 해.'

참고로, 자동차 제동거리는 어림잡아 주행하던 속도(㎞/h)에서 30을 뺀 정도이고, 단위는 m이다.

시속 100㎞/h로 달리다 뭔가를 보고 급제동하였다면 반응거리 20m와 제동거리 49m를 합친 69m이다.

60㎞/h로 달리던 중이라면 반응거리 12m와 제동거리 18m를 합쳐 30m이다.

전방을 제대로 보면서 운전을 하다 무단횡단자를 발견하고 즉시 브레이크를 밟았음에도 사고가 났다면 운전자에겐 아무런 책임도 묻지 말라는 것이다.

'무단횡단자의 책임을 더 크게 본다는 뜻이네요.'

'차는 규정을 다 지켜야 하고, 사람은 아무 때나 법을 어겨도 된다면 그건 공정하지 못하잖아. 안 그래?'

'맞는 말씀이세요. 당연히 보행자도 법을 준수해야죠.'

'그러니 사람도 도로교통법을 준수하도록 해야 해.'

'근데 그러다 사망한 사고는요?'

'그건 법을 무시한 자의 최후야.'

'도의적 책임도 묻지 않아요?'

'무단횡단의 무단(無斷)이 무슨 뜻이야?'

'횡단보도가 아닌 곳에서 교통신호를 지키지 않은 거요.'

'그럼 처벌을 받아야겠지?'

'그렇긴 해요. 근데…'

현수는 도로시의 말을 잘랐다.

'보행자가 100% 잘못했는데 운전자가 도의적인 책임을 느낄 필요가 있나?'

'그건…'

도로시는 말을 잇지 못하였다. 논리에서 밀린 것이다. 그러거나 말거나 현수의 말이 이어지고 있다.

'다음으로 안전속도 5030이란 걸 추진하는 행정부서가 있을 거야.'

'2021년에 시행될 도시부와 주택가 및 보행위주 도로의 제한 속도를 각각 50㎞/h와 30㎞/h로 낮추려는 거요?'

'그래! 그거 추진을 백지화시켜.'

'에? 그거 보행자 안전을 위해 도입하려는 거잖아요.'

'무단횡단을 안 하면 속도가 빨라도 보행자 사고 안 나.'

'……!'

도로시는 반박이 옹색해졌는지 입을 다문다.

'보도와 차도의 구분이 없는 골목길만 시속 30㎞로 제한하고, 일반도로는 70㎞/h, 이면도로는 50㎞/h로 상향시켜. 자동차전용도로는 도로상태에 따라 100~120㎞/h으로 상향하고.'

'에? 오히려 속도를 올리라고요?'

'저속 주행은 연비가 나쁘잖아. 그리고 조금 전에도 말했듯이 아무도 무단횡단을 하지 않으면 다칠 사람 없어.'

'어린 아이들이 있잖아요.'

'걔들은 가정교육을 잘 시켜야지.'

'……!'

또 할 말이 없는지 입을 다문다.

'아주 어릴 때부터 교통규칙을 준수하는 걸 아이들에게 철두철미하게 가르쳐놔야 나중에 커서도 법을 잘 지켜.'

틀린 말 하나 없다. 도로시는 이내 수긍했다.

'맞는 말씀이세요. 알겠어요. 그렇게 지시할게요.'

'대신 안전을 위한 계도(啓導)를 확실히 해야 할 거야.'

법을 위반한 보행자에게 강력한 처벌을 가하려면 운전자 또한 그래야 한다.

'그러려면 각종 과태료와 범칙금 규정도 수정해야 해요.'

과태료는 무인 카메라에 적발되는 경우 물게 되는 벌금인데 운전자가 아닌 차량 명의자에게 책임이 있다.

반면, 범칙금은 경찰관에게 직접 적발돼 운전자에게 부과되는 것이다.

'하면 되지.'

'어떻게 할까요?'

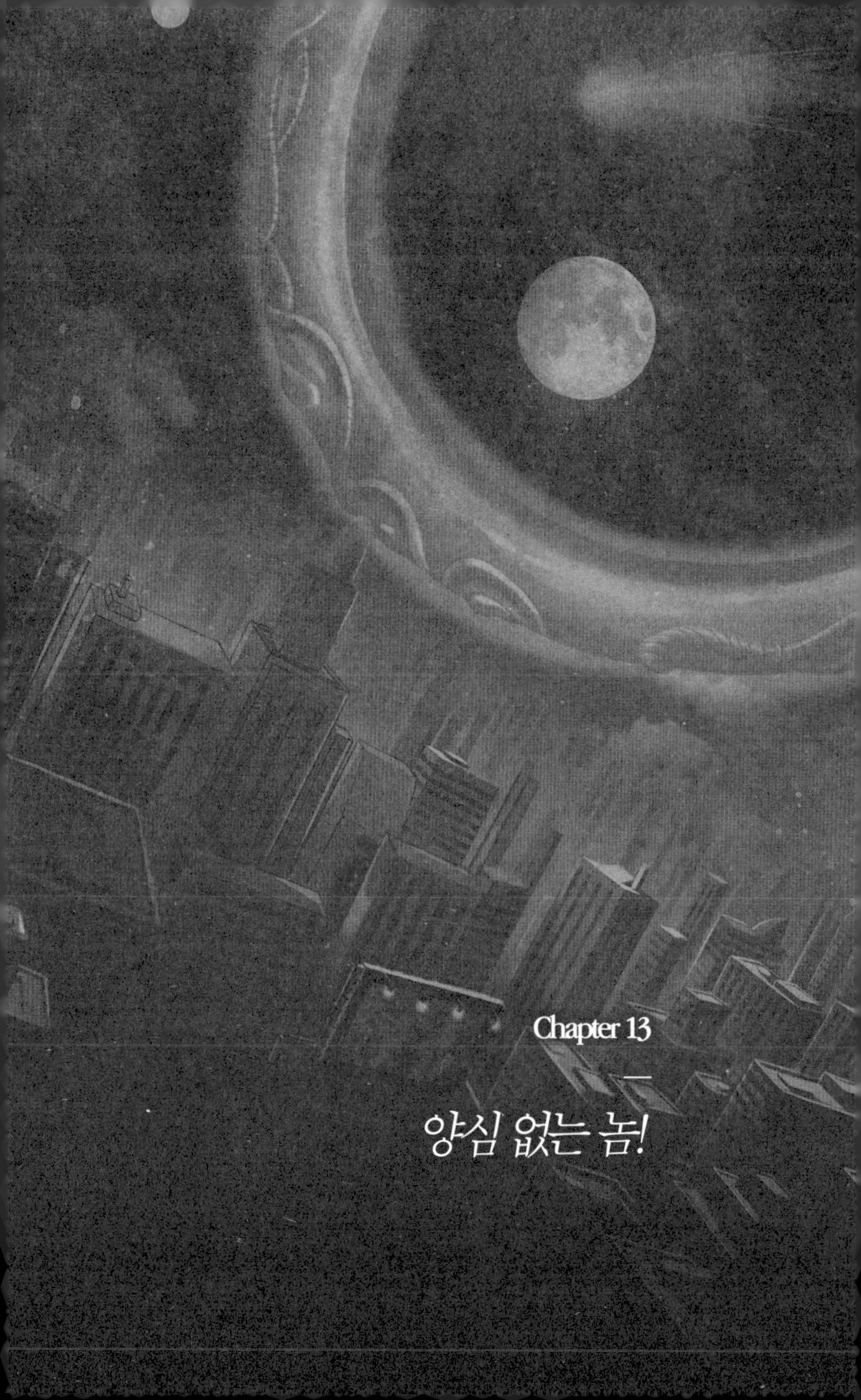

Chapter 13

양심 없는 놈!

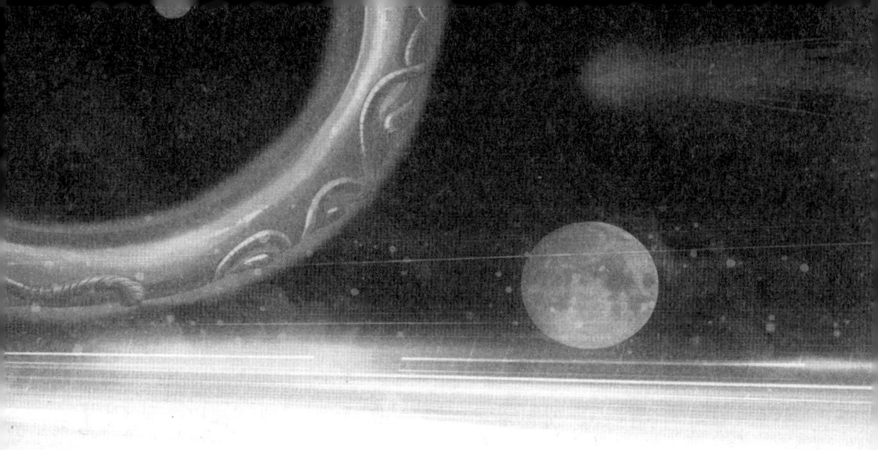

'딱 현재의 10배로 올리도록 해.'

'어린이 보호구역 내에서 신호위반을 하게 되면 과태료가 13만 원이고, 일반 도로는 7만 원인데요?'

이를 각각 130만 원과 70만 원으로 상향시키라는 것이다. 이쯤 되면 운전자들의 강력한 반발이 우려된다.

자동차와 관련된 세금이 오죽 많은가! 그런데 과태료까지 폭등하면 당연히 싫어하게 된다.

'이것도 신고하면 벌금액의 50%를 포상금으로 주도록 해.'

'네…?'

거의 모든 차에 블랙박스가 달려 있다. 그리고 거의 모든 국민이 휴대폰을 소지하고 있다.

위반현장을 찍은 동영상만 확보하면 신고 가능하다.

일반 도로에서 신호 위반한 차량 1대를 신고하면 35만 원, 어린이보호구역이라면 65만 원의 포상금이 지급된다.

누가 가만히 있겠는가!

하지 말라고 애원해도 적극적으로 신고에 임하게 될 것이다. 어쩌면 이 탓에 신고를 업(業)으로 삼는 사람이 나올 수도 있다.

이렇게 되면 어느 누구도 교통법규를 위반하지 않으려 애를 쓰게 된다. 걸리면 거액이 나가는데 어디서, 누가, 어떻게 찍고 있는지 알 수 없는 때문이다.

속도위반은 초과한 속도에 따라 과태료가 다르다.

과속 속도	현행 과태료	개정 과태료
~20km/h	4만	40만
~40km/h	7만/8만	70만/80만
~60km/h	10만/11만	100만/110만
60km/h 초과	13만/14만	130만/140만

※ 승용차/승합차, 단위는 원

이 정도면 벌금이 무서워서라도 과속하지 않으려 노력할 것이다. 따라서 과속으로 인한 사고를 대폭 줄일 수 있다.

'말 나온 김에 어린이 보호구역에 관한 것도 개정토록 해.'

'어떤 걸요?'

'새벽 3시에 길바닥 돌아다니는 어린이가 있을까?'

'없는 게 정상이죠.'

'근데 단속은 왜 하루 종일 해? 게다가 학교 앞마다 어린이 보호구역이 있는데 공휴일과 주말엔 학교 안 가잖아.'

'그, 그렇죠.'

'아무도 없는데 왜 공휴일과 주말에도 학교 앞 서행을 해야 해? 뭔가 잘못 되었지?'

'그, 그러네요.'

'그러니 고쳐! 학교에 가지 않는 공휴일과 주말, 그리고 방학기간 동안엔 학교 앞 어린이 보호구역은 없는 거야.'

'방학도요?'

'그거 하면 애들이 학교 안 가는데 뭘 보호해?'

'그건 그러네요.'

'그리고 하교시간 이후 다음 날 등교시간이 되기 전까지도 어린이 보호구역 제한을 해제토록 해.'

'그럼 가변 표지판을 부착해야겠네요.'

'안전속도 5030을 시행하면 표지판 전부 바꾸고, 도로에 표시된 제한속도도 전부 수정해야 하지?'

'네! 그렇겠죠.'

'그거 할 돈 다 예산에 잡혀 있어. 그거면 충분히 가변표지판도 제작할 수 있어.'

'그렇겠네요.'

'참! 이번 기회에 도로표지판과 관련된 예산집행을 샅샅이 조사해봐.'

예산이 뒷구멍으로 새는 구석이 있는지 확인하라는 뜻이다.

공무원 또는 정치인과 결탁하여 폭리를 취하는 등의 허튼 짓을 했다면 아마 좋게 끝나지 않을 것이다.

'확인해서요?'

'문제 있으면 당연히 업체 바꿔야지. 부당 이득은 반드시 환수하고. 안 그래?'

'당연하신 말씀이세요.'

'국민이 낸 혈세로 만드는 것이니 최대한 적은 이윤만 남기는 업체에서 제작하도록 하는 것이 낫지 않겠어?'

'네, 그렇죠.'

'그런데 있나 찾아봐.'

'최소한의 이윤만 허락하신다면 차라리 우리가 하나 만드는 편이 나을 것 같아요.'

'우리가…?'

'네! 고물상의 고철 또는 회수한 표지판으로 만들면 원가가 대폭 낮아지잖아요.'

원소분해기와 원소수집기, 그리고 만능제작기만 있으면 가로세로 10m짜리 도로표지판이라 하더라도 원가는 얼마 되지 않는다. 이 과정에서 사용되는 에너지는 100% 태양광발전 및 초고농축 배터리에서 나온다.

그리고 일꾼 로봇에겐 급여가 지불되지 않는다.

이것들의 공통점은 수명이 엄청나게 길며 자체 수복이 가능하다는 것이다. 그리고 고장 나면 스스로 고친다.

하여 감가상각비가 얼마 되지 않는다. 굳이 금액으로 따지면 24시간에 100원 정도이다. 세상에서 가장 복합하고 정밀한 기계중 하나가 EUV 노광(exposure)시스템이다.

이것은 반도체 미세공정화를 위해 자연계에 존재하지 않는 극도로 파장이 짧은 자외선(Extreme Ultraviolet)을 조사(照射)하는 장치이다.

참고로, 조사(irradiation)란 광선이나 방사선 따위를 쬐거나 쏜다는 뜻이다.

ASML, TSMC, Intel, 삼성 등 전 세계 반도체 관련 기업들이 총 집결하여, 약 35년에 걸쳐 진화시킨 것이다.

약 10만 개의 부품으로 이루어져 있으며, 무게는 약 200톤이나 된다.

ASML은 이를 1년에 약 30대 생산한다. 한 대 제작하는 데 약 20주가 걸리고, 가격은 5,000억 원 정도이다.

만일 이 장치를 만능제작기가 제작한다면 24시간이면 충분하다. 세상에서 가장 복잡한 장치지만 누워서 떡 먹듯 아주 쉽게 만들어내는 것이다. 당연히 불량품은 없다.

그리고 재료의 거의 대부분을 쓰레기 더미에서 구한다. 따라서 제조원가가 약 100원이다.

삼성이나 TSMC가 주문을 해놓고도 언제 나올까 노심초사하는 것이 EUV 노광시스템이다.

그런 걸 하루에 하나씩 붕어빵 찍어내듯 만들어낼 수 있고, 원가가 100원이라면 어떤 얼굴을 할까 싶다.

하지만 이를 만들어내지는 않을 것이다. 반도체가 필요하면 만능제작기로 얼마든지 직접 제조 가능하기 때문이다.

반도체는 크기가 작지만 제법 복잡하다. 하여 하나 만드는 데 대략 45초 정도 걸린다.

그러므로 만능제작기가 있으면 하나가 하루에 1,920개의 반도체를 만들어낼 수 있다. 10,000대가 있다면 하루 생산량이 1,920만 개다.

그리고 이렇게 만들어지는 반도체 하나의 원가는 0.05원에 불과하다.

1차 반도체 치킨게임은 2007년부터 2012년까지 이어졌다.

2007년이 되자 대만의 D램 업체들은 극단적인 가격 인하 경쟁에 나섰다. 상대를 죽이기 위함이다.

그런데 하필이면 세계 금융위기까지 겹쳐서 주력제품인 DDR2 D램 가격이 급락했다.

그렇게 반도체 출혈경쟁이 시작되자 2006년에 7달러였던 D램 가격이 0.5달러가 되었다.

무려 92.8%나 폭락한 금액이다.

이때의 반도체 치킨게임으로 인해 세계 2위 D램 생산업체였던 독일의 키몬다(Qimonda)가 2009년에 파산했다.

그리고 2012년에는 일본의 엘피다 또한 파산했다.

다행히 한국의 하이닉스와 삼성전자는 살아남았는데 이후 메모리 분야의 압도적인 세계 1, 2위 업체가 되었다.

원래의 역사대로라면 2022년에 2차 치킨게임이 또 시작된다. 다시 한번 경쟁 상대 죽이기가 시도되는 것이다.

이때 Y—Semiconductor가 가세하면 어떤 일이 빚어질까?

참고로, 2022년의 DDR4 8GB의 현물 시장가격은 2.469달러이다. 한화로 약 2,900원인 것이다.

그런데 이걸 10원에 팔기 시작하면 어떻게 될까? 이는 99.65%나 폭락한 가격이다.

그런데 Y—Semiconductor에서 제조하는 DDR4 8GB의 제조원가는 0.05원에 불과하다. 따라서 이것을 10원에 판다는 건 덤핑이 아니다. 오히려 200배나 폭리를 취하는 것이다.

미친 짓이 아니라 완전한 대박인 상황이다.

아무튼 이렇게 되면 Y—Semiconductor를 제외한 모든 반도체 제조업체들은 도산하게 될 것이다.

10원, 100원, 아니, 1,000원에 팔아도 경쟁 상대가 될 수 없는 때문이다.

세계적인 반도체 리소그라피(Lithography) 업체인 ASML도 역사 속으로 사라지게 된다. 더 이상 EUV 노광시스템이 필요

없게 되니 당연한 일이다.

어쨌든 반도체가 이런 가격이 될 수 있는 것은 쓰레기 더미에서 모든 원료를 수급할 수 있기 때문이다.

서울 난지도 하늘공원 아래엔 엄청난 양의 쓰레기가 매립되어 있다. 길이 2㎞, 폭 1㎞, 높이 100m짜리 규모이다. 무게는 약 2억 톤으로 추산된다.

1978년부터 1993년까지 약 1,000만 명인 서울시민이 버린 생활 쓰레기와 산업폐기물 등이 모여 있다.

참고로, 쓰레기 종량제는 1995년부터 시행되었다. 이때부터 분리배출 제도 또한 시작되었다.

하늘공원 아래의 쓰레기 더미는 그 이전에 버려진 것이니 온갖 것들이 뒤섞인 채 버려져 있다.

남들에겐 냄새나고 더러운 쓰레기에 불과하다.

하지만 Y—그룹에겐 온갖 원료들이 지천으로 널린 자원의 보고(寶庫)나 마찬가지이다.

이런 쓰레기 더미는 전국 각지에 널려 있다. 그리고 그 땅들 모두 Y—Property에서 매입 완료한 상태이다.

어쨌거나 Y—그룹에서 도로표지판을 제작하게 되면 설치에 필요한 최소한의 비용만 든다.

설치작업이 위험하고, 어렵기 때문이다. 3D에 해당되면 인간이 하지 않도록 하는 것이 원칙이다.

하나만 해당되어도 그런데 무려 2개나 그렇다. 그러니 설치

작업은 휴머노이드가 맡는다.

이 또한 만능제작기로 얼마든지 제작 가능하며, 현수의 아공간에도 널널하게 보관되어 있다.

설치에 동원되는 차량은 고출력 모터로 작동되는 전기차량이다. 외양은 시중에 굴러다니는 것과 완전히 일치한다.

겉은 똑같은데 내용물이 완전히 다른 것이다. 이 또한 만능제작기로 만들어낼 수 있다.

어쨌거나 새로 제작될 도로표지만의 품질과 내구성은 기존보다 훨씬 뛰어나다. 그럼에도 제작과 설비비용 모두 몹시 저렴하니 많은 예산을 아낄 수 있을 것이다.

누이 좋고, 매부도 좋은 일이다.

혹시라도 기존 납품이나 설치 과정에 조직적인 부정이 있었다면, 그 또한 말끔히 해소된다.

1석2조가 아니라 1석3조 이상인 것이다.

'흐음! 알겠어, 신중히 고려해봐.'

'넵!'

도로시가 물러간 후 현수는 창밖을 물끄러미 바라보았다.

주차장 통로를 가로막은 차량 때문에 생긴 실랑이는 아직도 계속되고 있다.

핏대 세운 채 소리를 지르는 사람, 연신 삿대질을 하는 사람, 그리고 조곤조곤 논리적으로 항의하는 사람들이 섞여 있다. 입주민이면서도 구경만 하는 이들도 상당수 있다.

한편, 스티커 제거비용 250만 원을 주면 당장에라도 차를 빼겠다는 후안무치한 놈은 여전히 뻔뻔스럽다.

출동한 경찰들은 연신 무전기에 입을 댄 채 뭔 말을 하고 있다. 입주민 숫자가 많아지자 본부에 지원요청이라도 하는 모양이다.

제법 긴 시간 동안 내려다보는데 실랑이가 끝날 기미가 보이지 않는다. 살짝 짜증이 난다.

방귀 뀐 놈이 성질낸다는 속담이 있다. 잘못을 저지른 사람이 아무 잘못 없는 남에게 성질을 낸다는 의미이다.

지금 상황에 딱 맞는 속담이다.

시간이 길어지자 슬슬 눈에 거스른다.

'신일호!'

'네! 폐하.'

'저 뻔뻔스러운 놈 보이지?'

'네!'

'저거 안 되겠어. 당장 내려가서 데스봇 투여해. 레벨 6로. 그리고 즉시 발동되도록 하고.'

'네!'

신일호가 바람처럼 사라지는가 싶더니 지금껏 뻔뻔함을 유지하고 있던 놈이 갑자기 벌렁 자빠진다. 그러곤 비명을 내지름과 동시에 온몸을 비튼다.

"아아아악! 으아아아아악! 아아악! 끄아아아악……!"

여러 사람 목소리 때문에 몹시 시끄럽던 곳이었는데 삽시간에 하나만 남고 조용해진다.

자빠진 채 지르는 비명만 남은 것이다.

입주민들은 혹시라도 전염될까 싶은지 마치 놀란 기러기 떼처럼 일제히 사라진다.

무전기에 대고 뭐라 뭐라 말을 하던 경찰들도 화들짝 놀라며 물러서더니 순찰차에 올라탄다.

직감적으로 에이프릴 증후군이라는 것을 알아차린 것이다.

아직 발병기전은 물론이고 전염 메커니즘을 알지 못한다. 확실한 건 엄청나게 아프고, 걸리면 죽는다는 것이다.

그렇기에 경찰까지 겁먹은 얼굴로 얼른 순찰차에 올라 시동을 건 것이다.

잠시 후, 반경 50m가 휑히 비워졌다.

이놈이 쓰러지기 전, 주차장 통로를 가로막고 있던 벤틀리 뮬산이 스르르 움직였다. 그러곤 인근 사설 주차장으로 들어갔다. 아무도 눈치 채지 못한 일이다.

표지판을 보니 30분에 3,000원인 주차장이다.

종일 주차는 6만 원인데 사전에 고지하지 않으면 24시간 요금을 모두 청구한다는 경고문이 붙어 있다.

계산대로라면 하루 주차비가 14만 4,000원이다.

과연 차주는 언제 차를 가져갈 수 있을까?

방금 시작된 엄청난 통증은 하루에 2번씩 꼬박꼬박 경험하게 된다. 매번 30분씩인데 한 번 아프면 적어도 3~4시간은 지나야 간신히 제정신을 찾는다. 기력과 진이 다 빠질 정도로 비명을 지르고 괴로워하기 때문이다.

백약이 무효이며, 어떤 병원에서도 고통을 경감시켜주지 못한다. 딱 하나 방법이 있다면 전신의 신경을 완전히 끊는 것이다. 그런데 그러면 금방 사망한다.

어쨌거나 차를 찾으러 한 달 후에 오면 432만 원을 주차비로 지불해야 한다.

아마 부자라고 해도 내기 싫은 금액일 것이다.

'주차장 관리인에게 말해서 특별 관리를 하게 했지? 주차비 안 내면 절대로 차 키를 내주지 말라고.'

'네, 그렇게 했습니다.'

조금 전, 휴머노이드 하나가 쓰러져 있는 놈과 완벽하게 똑같은 얼굴과 복장로 차를 움직였다.

그러곤 관리인에게 다가가 잘 부탁한다면서 1만 원짜리 한 장을 건넸다. 고급차이니 각별히 신경 써달라는 뜻이다.

그러곤 얼굴을 확실히 기억하도록 했다.

시간 당 주차비를 물었고, 내일이나 모레까지 두면 얼마나 되는지 등을 물은 것이다.

이때 주차 관리인은 종일 주차에 대한 설명을 하면서 안내판을 손짓으로 가리켰다. 그러곤 계산기를 꺼내 사전 고지 없을 경우의 주차비를 계산한 뒤 물음에 답을 했다.

이 장면은 CCTV에 확실하게 찍혀 있다. 도로시는 다른 건 다 지워져도 이것만은 엎어 쓰기가 되지 않도록 했다.

그러는 동안 여러 번 시선이 마주쳤다. 그런데 복장이 특이했다. 아래 위 모두 붉은색 트레이닝복 차림이다.

나이키 테크플리스 트레이닝복 세트로 38만 원 정도에 팔리는 것이다.

또 다른 특징은 수염을 기르고 있는 것이다. 코 밑은 깔끔하게 밀었지만, 턱수염은 제법 수북하다.

흔치 않은 외모이니 잊기 힘들 것이다.

어쨌거나 여러 번 시선을 마주쳐서 일부러 기억하게 만들었다. 나중에 오리발을 내밀 수 없도록 하는 조치였다.

얼마 지나지 않아 응급차가 당도했고, 사지를 틀며 괴성과 함께 발광하던 놈을 싣고 떠났다.

병원에 가봤자 해줄 것은 아무것도 없다. 비싼 입원비와 처치비용 등을 지불해야 할 뿐이다.

국민건강보험에서 아무런 보조도 해주지 않으니 제법 큰돈이 청구될 것이다. 나중에 청구서를 받아들면 입이 딱 벌어질 것이다.

보건복지부 산하엔 건강보험심사평가원이라는 곳이 있다.

줄여서 심평원이라 하는데 요양급여 비용의 심사와 적정성 평가 등을 하는 위탁집행형 준정부기관이다.

현재 대한민국의 모든 병 · 의원은 환자에게서 어느 정도 돈을 받고, 나머지는 건강보험공단에 청구하고 있다.

환자 진료비가 1,000원이라면 환자에게서 300원을 받고 나머지 700원은 건강보험공단에 지불을 요청하는 것이다.

심평원은 중간에서 그 요청이 적절한지 아닌지 확인해보고 이를 깎는 일을 맡고 있다.

한편, 에이프릴 증후군은 건강보험공단에서 정해준 의료수가[24] 가 없다.

심평원에선 맹장 수술은 얼마, 치질수술은 얼마 이런 식으로 의료수가를 정해놓았다. 그런데 에이프릴 증후군은 이런 게 없다. 건강보험공단에서 지원하지 않기 때문이다.

하여 병원 마음대로 청구를 해도 심평원은 전혀 개입할 수 없다. 건강보험에서 지원해주는 돈이 단 한 푼도 없으니 끼어들어 밤 놔라 대추 놔라를 할 수 없는 것이다.

하여 거의 모든 병 · 의원에서 적지 않은 금액을 청구하고 있다. 적극적으로 이익을 추구하는 중인 것이다.

지난 2016년 4월 이후 전국의 모든 병 · 의원은 그야말로 대목을 만나서 대박 났다. 세종대왕과 신사임당을 갈퀴로 긁는다는 소리가 있을 정도이다.

자본주의 국가이니 돈 벌겠다는 데 욕하면 안 된다.

다만 눈살을 찌푸릴 정도로 많은 액수를 청구하는 몇몇 의료기관이 있어 지탄을 받고 있을 뿐이다.

24) 의료수가(醫療酬價) : 의료 서비스에 대한 비용

어쨌거나 상당한 금액이 청구될 것이다. 그런데 싸가지 없는 양심 불량이니 불쌍하지도 않다.

"어휴! 세상이 다 시원하네."

혼자 중얼거리고는 고개를 설레설레 흔든다.

누군가 '세상은 넓고, 할 일은 많다' 하였는데 비양심도 많다는 생각이다.

논에 모내기[25]를 하면 얼마 지나지 않아 김매기를 해야 한다.

이를 '피 뽑기'라고도 하는데 작물의 생장을 방해하는 쓸데없는 풀을 없애고, 작물 포기 사이의 흙을 부드럽게 해주는 일이다.

세상 곳곳에 피가 자리하고 있다. 피는 비양심적인 인간을 은유하는 표현이다.

농사꾼의 마음으로 부지런히 뽑아주지 않으면 부정과 부도덕, 그리고 부조화와 갈등이 판치는 사회가 된다.

그러니 보이는 족족 뽑아야겠다는 마음을 먹어본다.

대한민국이라는 거대한 농장에서 보다 많은 수확을 거두려면 토양이 건강하게 유지되어야 한다.

그렇게 하는 첩경 중 하나가 바로 피 뽑기이다.

그러고 보니 대한민국의 화폐 모델을 누가 정했는지 알 수

25) 모내기 : 볍씨를 뿌려 모를 기르던 못자리에서 성장한 모를 논으로 옮겨 심는 일

없지만 분명 개잡놈의 짓일 것이다.

5만 원짜리 지폐엔 신사임당이 있다.

그런데 세종대왕은 1만 원권, 충무공 이순신은 겨우 100원짜리 동전에 모셨다.

세종대왕은 한글을 창제하신 분이고, 이순신 장군은 위기에 처한 나라를 구한 영웅이라는 데 이견이 없다. 그런데 신사임당은 한 게 뭐가 있을까? 그림 조금 잘 그렸고, 율곡 이이를 낳았다는 것뿐이다.

아들이 뛰어난 학문적 성취를 이룬 건 본인이 열심히 공부한 결과일 뿐이다. 엄마가 대신 공부에서 아들 뇌에 새겨준 것이 결코 아니다.

그리고 율곡도 뛰어난 업적을 남긴 건 아니다.

관직도 이조와 병조판서까지 오른 것으로 끝이다.

흔히 삼정승이라 하는 영의정, 좌의정, 우의정의 반열에 오르지 못했던 것이다.

한반도 역사상 율곡 이이보다 훨씬 뛰어난 업적을 남긴 사람들이 상당히 많다.

세종대왕과 이순신은 이이따위는 비벼보지도 못할 만한 업적을 남기신 분이다.

이 밖에 광개토태왕, 을지문덕, 연개소문, 강감찬, 최무선, 척준경 등도 대단한 업적을 남기셨다.

그런 이이따위를 낳았다는 이유 하나만으로 최고액권의 지폐 모델에 신사임당을 넣었다는 것은 어불성설이다.

깜냥도 안 되는 인물을 넣은 것이다.

차라리 안중근 의사를 넣었다면 뭐 그런가 보다 할 수는 있다. 식민지 시절 가장 큰 공을 세운 분이기 때문이다.

아무튼 100원짜리 동전엔 이순신, 500원짜리엔 두루미를 넣었다. 충무공이 두루미보다 못하다는 뜻인가?

그러고 보니 1원짜리는 무궁화이다. 다들 알다시피 무궁화는 대한민국을 상징하는 국화(國花)이다.

그럼 나라가 새만도 못하다는 뜻인가?

1,000원 권은 퇴계 이황, 5,000원 권은 율곡 이이가 있다.

두 사람이 성리학이라는 학문을 열심히 공부했다는 건 충분히 알고 있다. 그런데 그게 광개토태왕께서 영토를 넓히신 것과 비교할 가치가 있을까?

나라를 세운 고구려의 주몽, 신라의 박혁거세, 백제의 온조, 발해의 대조영, 고려의 왕건, 조선의 이성계와 비교해보자. 더 옛날로 가면 단군왕검께서 계시다.

성리학이 뭐 대단하다고 흔해 빠진 조선의 신하들을 지폐에 새겨 넣었는지 이해할 수 없다.

퇴계나 율곡만큼 학문의 성취를 이룬 학자들이 어디 한 둘이었겠는가!

정도전, 조광조, 송시열, 박지원, 정약용, 최익현 등도 매우 뛰어난 학문적 성취를 얻었던 분들이다. 재야에 어떤 고수가 얼마나 더 있었는지 셀 수도 없을 것이다.

따라서 진짜 누가 화폐 모델을 정했는지 알 수 없지만, 역사도 모르는 개잡놈인 것이 분명하다.

참고로, 현모양처의 대명사가 된 신사임당은 결코 양처(良妻)가 아니다. 율곡 이이를 추앙하는 제자들이 높이 받든 결과로 그리 전해진 것일 뿐이다.

오히려 어떤 이들은 신사임당을 악처(惡妻)라고 한다.

하긴, 남편 이원수와 떨어져 지낸 기간이 얼마인데 어찌 양처라 하겠는가! 그저 그림을 조금 잘 그렸다는 것뿐이다.

이런 논란이 있는 인물을 최고액권 지폐에 넣는 건 참으로 멍청한 짓이다.

꼭 넣어야 했다면 1원짜리 동전 모델로 적합했다. 그리고 무궁화를 5만 원권 지폐 모델로 삼았어야 마땅하다.

이보다 더 적합한 모델은 '태극기'이다. 나라를 상징하는 깃발이야말로 최고액권의 모델로 모자람이 없다.

『전능의 팔찌 2부』 28권에 계속…